艾青诗集

大堰河——我的保姆

DAYANHE MY WET NURSE

艾青 著

A COLLECTION OF AI QING'S POEMS

北京联合出版公司

图书在版编目（CIP）数据

大堰河——我的保姆：艾青诗集 / 艾青著. -- 北京：北京联合出版公司，2021.1
 ISBN 978-7-5596-4637-8

Ⅰ．①大… Ⅱ．①艾… Ⅲ．①诗集－中国－现代 Ⅳ．① I226

中国版本图书馆CIP数据核字（2020）第 197912 号

大堰河——我的保姆：艾青诗集

作　者：艾　青
出 品 人：赵红仕
责任编辑：徐　樟
封面设计：吴黛君

北京联合出版公司出版
（北京市西城区德外大街83号楼9层 100088）
北京新华先锋出版科技有限公司发行
大厂回族自治县德诚印务有限公司印刷　新华书店经销
字数192千字　620毫米×889毫米　1/16　16印张
2021年1月第1版　2021年1月第1次印刷
ISBN 978-7-5596-4637-8
定价：49.00元

版权所有，侵权必究
未经许可，不得以任何方式复制或抄袭本书部分或全部内容
本书若有质量问题，请与本社图书销售中心联系调换。电话：（010）88876681-8026

艾 青

艾青与夫人高瑛

代　序
我怎样写诗的

一、我的癖性

马雅可夫斯基要求有一架自行车，一架打字机，一架电话机，外用访客衣服，以及雨伞，等等。我所要求的再简单不过了：好的原稿纸，洁白的原稿纸；揉皱过的原稿纸对于我是最不利的。我爱在白的感觉上，编织由富有形象的句子组成的诗的花圈。一支普通的钢笔（我从来没有用过派克钢笔），但我最讨厌钢笔漏水，钢笔一漏水了，诗的情绪就像墨水一样凝聚在纸面上了。墨笔也是我所欢喜用的，但用墨笔的时候，情绪的抒发没有用钢笔的时候舒爽。

我常在清晨写诗，常在黎明的时候写诗。有一个时期，我也曾在晚上写诗，甚至没有灯光，只是把笔在纸上很快地写。当我睡眠时，我是一定要把笔和纸准备好，放在枕边的。在我创作狂热的时候，常常在梦里也在写诗的；而最普通的时候，是我感觉常常和诗的感觉一起醒来，这时候，我就睡在床上写，在黑暗里写，字很潦草，很大，到天亮时一看，常常把两句叠在一起了。

我的诗，下午写得很少。

我看重灵感。这或许是一个不很好听的词。那么，让我们说是情绪的集中吧。假如我的情绪集中了，写成的诗是很少需要改动的；反之，则再三地改动之后，心里仍旧是不愉快。虽然，在别人是不会看出它们之间的差别的。

我爱静，不是死寂，却是要求没有喧闹来驱散我的思绪。当我在思索着什么的时候，我是完全把脑力集中在那被思索着的东西上面的，这时候，我和人家的答话，完全是敷衍，常常连自己都不知道曾说了些什么。

我的一个友人曾说过："假如艾青的诗能写得好，那就因为艾青能集中。"我的诗固然不好，但当我写诗的时候的确是很集中的。我想：这不只是写诗应该这样，就是整个生命也应该这样——在活着的时候，严肃地活；在写的时候，严肃地写。

我的思想活动是终日不停止的。我的脑在睡眠之外没有休息。我常常为我的脑痛苦；为了强迫它休息，我常常楼上楼下地走，在喧嚣的大街上走，在奔忙的人群里走……

我常常用冰冷的手按住前额——那里面，像在沉静地波动着一种发热的溶液。

二、我为什么写诗

从前我是画画的，用色彩表示我对世界的感情。现在我却用语言来表示了。

最初写诗是在中学时代。用八十磅的光道林钉了一册横长的本子，结了丝绳。封面上用鲜艳的色彩画了蝴蝶或紫罗兰。至今想起来是很可笑的。最初被用铅字印出来的诗,是两首感叹西湖的、吊友的诗。在每个感伤的诗句子的后面,拖了一个疲乏的韵脚。那两首诗,一定是受了当时正在流行的浪漫主义的影响的。

在巴黎时,我读到了叶遂宁的《一个无赖汉的忏悔》,白洛克的《十二个》,马雅可夫斯基的《穿裤子的云》,也读了兰波、阿波里内尔、桑特拉司等诗人的诗篇。

我很孤独。而我的心却被更丰富的世界惊醒了。我对生活,对人世都很倔强地思考着,紧随着我的思考,我在我的画本和速写簿上记下了我的生活的警句——这些警句,产生于一个纯真的灵魂之对于世界提出责难的时候,应该是最纯真的诗的语言。

这些警句的性质,它们包括了对于资本主义世界所显露的一切矛盾:恋爱、政治、经济、文化、艺术……的矛盾以及对于革命的呼喊。

这是《透明的夜》的前身。但在写《透明的夜》时,已领受了现实的严酷的教训,所以不再有空想了。

当这首诗写好之后,我曾给好几位画画的朋友看过。我曾问过一个朋友:"侬你看,我的诗写得好些呢,还是我的画画得好些呢?"他说:"你的诗写得好些。"不管这朋友说这话时的诚意到达了什么程度,这话对于我的艺术生涯上起了可怕的作用。

我撇开了已学了五六年的绘画,写起诗来了。

以后,我就一直为了发掘人类的不幸,为了警醒人类的良心,而寻觅着语言,剔选着语言,创造着语言。

而且,我也为这事业受过苦难,还在受着苦难,而且将继续地受着苦难。

三、我所受的影响

一般地说，我是比较欢喜近代的诗人们的作品的。

我最不欢喜浪漫主义的诗人们的作品。雨果的，谢尼哀的，拜伦的那些大部分，把情感完全表露在文字上的作品，我常常是没有耐心看完的。

哥德的自满的态度和他的说教的态度，我不欢喜。虽然他是一个巨匠。

我欢喜莎士比亚，《哈姆雷特》我是再三地阅读着的。《仲夏夜之梦》里的幻想太奢侈了。

莎士比亚的联想的丰富，生活的哲学的渊博，智慧光芒的闪炯，充满机智的语言，天才的戏谑……我没有在他以后的诗人中发现过。

凡尔哈仑是我所热爱的。他的诗，辉耀着对于近代的社会的丰富的知识，和一个近代人的明澈的理智与比一切时代更强烈更复杂的情感。

我欢喜兰波和叶遂宁的天真——而后者的那种属于一个农民的对于土地的爱，我是永远感到亲切的。

关于马雅可夫斯基，我只欢喜他的《穿裤子的云》这一长诗。他的其他的诗，常常由于铺张而显露了思想的架空。

四、我所采用的语言

批评家们说我的诗知识分子的气味太浓，他们的话所含的暗示我知道。事实上，没有一个作者不被他的教养和出身的环境所限制了的，而每个作者的进步过程就是他逐渐摆脱他的限制的过程。我是一个从来也不敢停止努力的人。我在继续不断地摆脱我出身的环境所加给我的限制。

我常常努力着使我的诗里尽量地采取口语。

我以为诗始终应该是诗。无论用文言写也好，用国语写也好，用大众语和地方语写也好，总必须写出来是诗。这意思就是：那所采用的语言必须能充分地表达了作者对于现实生活所引起的思想情感；必须在精炼的、简约的、明确的文字里面，包含着丰富的生活面貌、生活的智慧、生活的气息、生活的真理。

我常常在决定题材的采取同时决定语言的采取。我的语言是常常因题材所决定的表现手法而变更的。

避免用纯粹文章气的句子写，避免用陈腐的滥调写，是每个诗人所应该努力的义务。但和这同时，每个诗人必须要对自己所采用的语言加以严格的选择。诗与散文在体裁上的分歧点，是在语言的气氛，语言的格调，语言的构造和语言的简约与精炼的程度差别上开始的。

我常常避免用生涩的字眼和语句。我在诗里所花的努力之一，是在调整字与字之间的关系，调整语句与语句之间的关系。

当我不得已而采用一些现成的词汇的时候，我是每次都感到恶心的。但是为了那些现成的词汇比自己所创造出来的更自然，更完全地表达了思想情感，我又不得不袭用了它们。

但我确是如一些批评者所说，在同时代的诗人里面，比较的欢喜努力着创造新的词汇的人。我最嫌恶一个诗人沿用一些陈腐的烂调来写诗。我以为诗人应该比散文家更花一些工夫在创造新的词汇上。我们应该把"语言的创造者"作为"诗人"的同义语。

这是一定的；诗人在他对于新的词汇的创造努力中，他加深了自己对于事物的观察；诗人也只有在他对于事物有了更深刻的理解的时候，他才能创造了新的词汇，新的语言。

新的词汇，新的语言，产生在诗人对于世界有了新的感受和新的发现的时候。

有人说过："第一个说女人的脸像桃花的人是天才，第二个说女人的脸像桃花的人是蠢材。"原因就是第二个人他对世界没有新的发现。

假如我们没有把文字重新配置，重新组织，没有把语句重新构造，重新排列；假如我们没有以自己的努力去重新发现世界，发现事物与事物的关系，人与事物的关系，人与人的关系，我们就没有必要去制造一首诗。

大胆地变化，大胆地把字解散开来，又重新拼拢，重新凝固起来。

在人家还没有开始的地方开始起来，在人家还没有完成的地方去完成它。

而语言的应该遵守的最高的规律是：纯朴，自然，和谐，简约与明确。

五、形象的产生

一首没有形象的诗！这是说不通的话。

诗没有形象就是花没有光彩、水分与形状，人没有血与肉，一个失去了生命的僵死的形体。

诗人是以形象思考着世界，理解着世界，并且说明着世界的。形象产生于我们的对于事物的概括力的准确和联想力与想象力的丰富。

每天洗涤自己的感觉，从感觉里摄取制造形象的素材。

从物与物的比拟里，去分别他们间的类似和差别的程度。再把类似的东西组成一个新的程序。

努力把握物体所存在的地位和周围的关系，人与社会之间的关系，事件与时间之间的关系。

诗人的脑子必须有丰富的储藏：无数的鲜活的形体和它们的静止与活动；无数的光与色彩的变化；无数的坚硬与柔软；无数的温暖与寒冷；无数的愉快与不愉快的感觉。

只有储藏丰富了之后，所产生出来的形象才是自然的，生动的。

我常常唤醒自己的联想和想象。我常常从这一物体联想到和它类似的所有物体，从这一感觉唤醒和它类似的所有的感觉；我常常从我已有的经验里去组织一些想象。

联想和想象应该是从感觉到形象的必经的过程。没有丰富的联想和想象，是不可能有丰富的形象的。

当然，丰富的联想和丰富的想象，只有从丰富的生活经验里才能获得。

目录

第一辑 我爱这土地

会 合
——东方部的会合……002

阳光在远处……005

透明的夜……006

大堰河——我的保姆……010

路……016

雪落在中国的土地上……017

手推车……022

北 方……024

向太阳……029

我爱这土地……049

复活的土地……050

黄 昏……052

春 雨……053

生 命……055

第二辑 画者的行吟

芦 笛
——纪念故诗人阿波里内尔...........058
太　阳...........062
煤的对话
——A—Y.R.............064
浪...........066
笑...........067
桥...........070
灯...........071
冬天的池沼...........072
画者的行吟...........073
我的季候...........076
窗...........079
公　路...........081
风的歌...........086
野　火...........092
启明星...........094

第三辑 献给乡村的诗

村　庄..........096

当黎明穿上了白衣..........099

献给乡村的诗..........100

梦..........105

绿..........108

春..........110

黎　明..........112

秋..........116

农　夫..........117

月　光..........118

水　鸟..........120

青色的池沼..........121

树..........122

船夫与船..........123

礁　石..........124

第四辑 我的思念是圆的

沉　思..........126

卖艺者..........129

补衣妇..........132

他起来了..........134

乞　丐..........136

吹号者..........138

播种者

——为鲁迅先生逝世四周年纪念而作..........146

刈草的孩子..........149

群　众..........150

我的思念是圆的..........152

少年行..........153

悼罗曼·罗兰..........155

失去的岁月..........159

附录

艾青译诗：原野与城市（七首）............162

诗　论............180

和诗歌爱好者谈诗
　——在北京劳动人民文化宫............223

第一辑

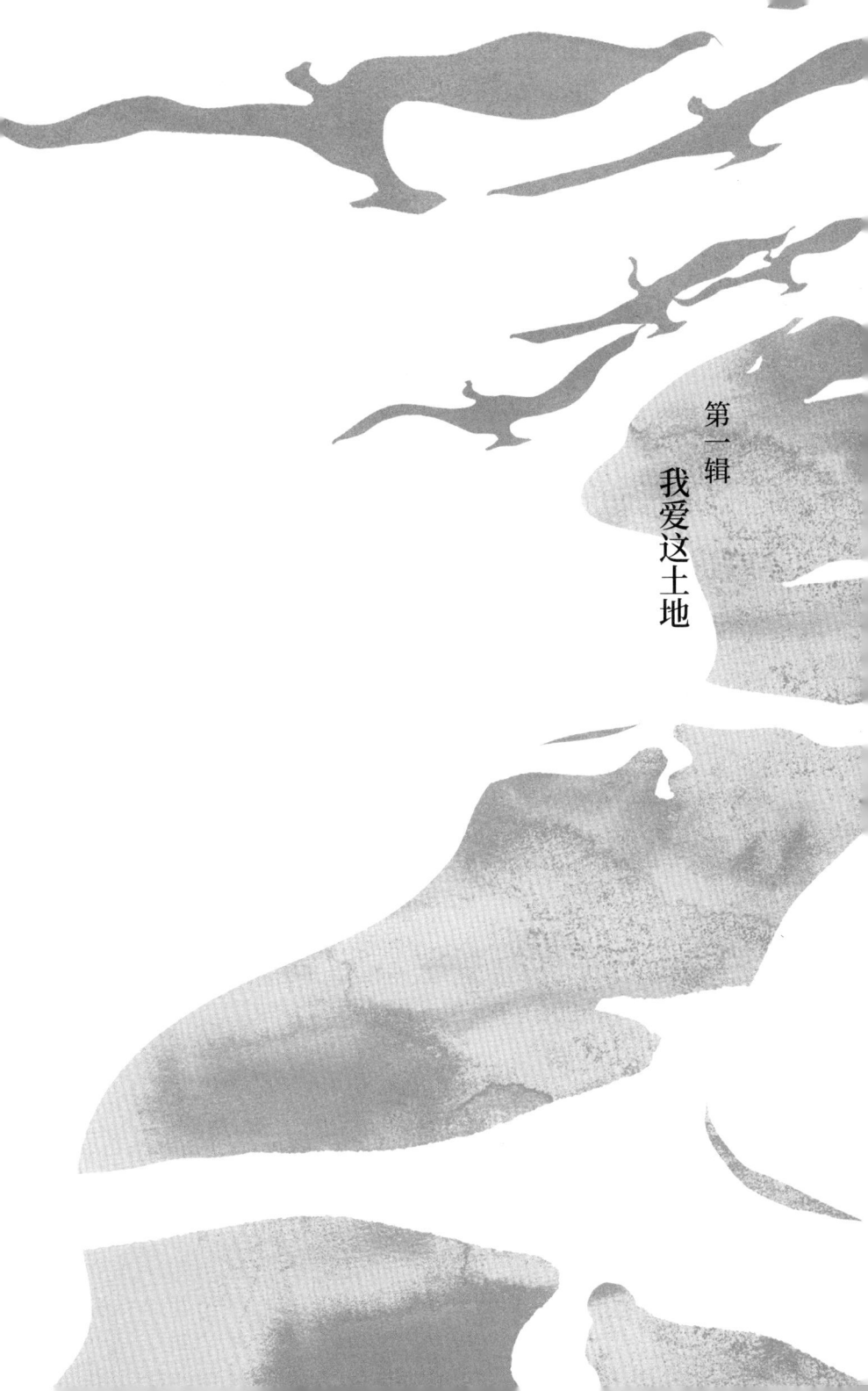

我爱这土地

会　合
——东方部的会合

团团的，团团的，我们坐在烟圈里面，
高音，低音，噪音，转在桌边，
温和的，激烈的，爆炸的……
火灼的脸，摇动在灯光下面，
法文、日文、安南话、中文，
在房子的四角沸腾着……
长发的，戴眼镜的，点卷烟的，
读信的，看报纸的……
思索的，苦恼着的，兴奋的……
沉默着的……
……绯红的嘴唇片片地飞着，
言语像星火似的从那里散出。
……
……
每个凄怆的、斗争的脸，
　　每个挺直或弯着的身体的后面，
画出每个深暗的悲哀的黑影。

他们叫，他们喊，他们激奋，
他们的心燃烧着，
　　血在奔溢……
他们——来自那东方，
日本，安南，中国，
他们——
　　虔爱着自由，恨战争，
为了这苦恼着，
为了这绞着心，
　　流着汗，
　　　闪出泪光……
紧握着拳头，
捶着桌面，
　　嘶叫
　　　狂喊！
窗紧闭着，
窗外是夜的黑暗包围着，
雨滴在窗的玻璃上痛苦地流着……
房子里，充满着温热，
这温热在每个脸上流着，
这温热灌进每个人的心里，
每个人呼吸着一样的空气，
每个人的心都为同一的火焰燃烧着，
　　　　　　燃烧着，

　　　　　燃烧着……
……
……
在这死的城市——巴黎,
在这死的夜里,
圣约克街的六十一号是活跃着的,
我们的心是燃烧着的。

1932 年 1 月 16 日　巴黎

阳光在远处

阳光在沙漠的远处,
船在暗云遮着的河上驰去,
暗的风,
暗的沙土,
暗的
  旅客的心啊。
——阳光嬉笑地
    射在沙漠的远处。

1932年2月3日　苏伊士河上

透明的夜

一

透明的夜。

……阔笑从田堤上煽起……
一群酒徒,望
沉睡的村,哗然地走去……
村,
狗的吠声,叫颤了
满天的疏星。

村,
沉睡的街
沉睡的广场,冲进了
醒的酒坊。

酒,灯光,醉了的脸
放荡的笑在一团……

"走
　　到牛杀场，去
喝牛肉汤……"

二

酒徒们，走向村边
进入了一道灯光敞开的门，
血的气息，肉的堆，牛皮的
热的腥酸……
人的嚣喧，人的嚣喧。

油灯像野火一样，映出
十几个生活在草原上的
泥色的脸。

这里是我们的娱乐场，
那些是多谙熟的面相，
我们拿起
热气蒸腾的牛骨
大开着嘴，咬着，咬着……

"酒，酒，酒

我们要喝。"

油灯像野火一样，映出
牛的血，血染的屠夫的手臂，
溅有血点的
　屠夫的额头。

油灯像野火一样，映出
我们火一般的肌肉，以及
——那里面的——
痛苦，愤怒和仇恨的力。

油灯像野火一样，映出
——从各个角落来的——
夜的醒者
醉汉
浪客
过路的盗
偷牛的贼……
"酒，酒，酒
我们要喝。"

三

……
"趁着星光,发抖
我们走……"
阔笑在田堤上煽起……
一群酒徒,离了
沉睡的村,向
沉睡的原野
哗然地走去……

夜,透明的
夜!

1932 年 9 月 10 日

大堰河——我的保姆

　　大堰河,是我的保姆。
　　她的名字就是生她的村庄的名字,
　　她是童养媳,
　　大堰河,是我的保姆。

　　我是地主的儿子;
　　也是吃了大堰河的奶而长大了的
　　大堰河的儿子。
　　大堰河以养育我而养育她的家,
　　而我,是吃了你的奶而被养育了的,
　　大堰河啊,我的保姆。

　　大堰河,今天我看到雪使我想起了你:
　　你的被雪压着的草盖的坟墓,
　　你的关闭了的故居檐头的枯死的瓦菲,
　　你的被典押了的一丈平方的园地,
　　你的门前的长了青苔的石椅,
　　大堰河,今天我看到雪使我想起了你。

你用你厚大的手掌把我抱在怀里,抚摸我;
在你搭好了灶火之后,
在你拍去了围裙上的炭灰之后,
在你尝到饭已煮熟了之后,
在你把乌黑的酱碗放到乌黑的桌子上之后,
在你补好了儿子们的为山腰的荆棘扯破的衣服之后,
在你把小儿被柴刀砍伤了的手包好之后,
在你把夫儿们的衬衣上的虱子一颗颗地掐死之后,
在你拿起了今天的第一颗鸡蛋之后,
你用你厚大的手掌把我抱在怀里,抚摸我。

我是地主的儿子,
在我吃光了你大堰河的奶之后,
我被生我的父母领回到自己的家里。
啊,大堰河,你为什么要哭?

我做了生我的父母家里的新客了!
我摸着红漆雕花的家具,
我摸着父母的睡床上金色的花纹,
我呆呆地看着檐头的我不认得的"天伦叙乐"的匾,
我摸着新换上的衣服的丝的和贝壳的纽扣,
我看着母亲怀里的不熟识的妹妹,
我坐着油漆过的安了火钵的炕凳,

我吃着碾了三番的白米的饭,
但,我是这般忸怩不安!因为我
我做了生我的父母家里的新客了。

大堰河,为了生活,
在她流尽了她的乳液之后,
她就开始用抱过我的两臂劳动了;
她含着笑,洗着我们的衣服,
她含着笑,提着菜篮到村边的结冰的池塘去,
她含着笑,切着冰屑窸窣的萝卜,
她含着笑,用手掏着猪吃的麦糟,
她含着笑,扇着炖肉的炉子的火,
她含着笑,背了团箕到广场上去
　晒好那些大豆和小麦,
大堰河,为了生活,
在她流尽了她的乳液之后,
她就用抱过我的两臂,劳动了。

大堰河,深爱着她的乳儿;
在年节里,为了他,忙着切那冬米的糖,
为了他,常悄悄地走到村边的她的家里去,
为了他,走到她的身边叫一声"妈",
大堰河,把他画的大红大绿的关云长
　贴在灶边的墙上,

大堰河，会对她的邻居夸口赞美她的乳儿；
大堰河曾做了一个不能对人说的梦：
在梦里，她吃着她的乳儿的婚酒，
坐在辉煌的结彩的堂上，
而她的娇美的媳妇亲切地叫她"婆婆"
……
大堰河，深爱她的乳儿！

大堰河，在她的梦没有做醒的时候已死了。
她死时，乳儿不在她的旁侧，
她死时，平时打骂她的丈夫也为她流泪，
五个儿子，个个哭得很悲，
她死时，轻轻地呼着她的乳儿的名字，
大堰河，已死了，
她死时，乳儿不在她的旁侧。

大堰河，含泪的去了！
同着四十几年的人世生活的凌侮，
同着数不尽的奴隶的凄苦，
同着四块钱的棺材和几束稻草，
同着几尺长方的埋棺材的土地，
同着一手把的纸钱的灰，
大堰河，她含泪的去了。

这是大堰河所不知道的：
她的醉酒的丈夫已死去，
大儿做了土匪，
第二个死在炮火的烟里，
第三，第四，第五
在师傅和地主的叱骂声里过着日子。
而我，我是在写着给予这不公道的世界的咒语。
当我经了长长的漂泊回到故土时，
在山腰里，田野上，
兄弟们碰见时，是比六七年前更要亲密！
这，这是为你，静静地睡着的大堰河
所不知道的啊！

大堰河，今天，你的乳儿是在狱里，
写着一首呈给你的赞美诗，
呈给你黄土下紫色的灵魂，
呈给你拥抱过我的直伸着的手，
呈给你吻过我的唇，
呈给你泥黑的温柔的脸颜，
呈给你养育了我的乳房，
呈给你的儿子们，我的兄弟们，
呈给大地上一切的，
我的大堰河般的保姆和她们的儿子，
呈给爱我如爱她自己的儿子般的大堰河。

大堰河,
我是吃了你的奶而长大了的
你的儿子,
我敬你
爱你!

1933 年 1 月 14 日　雪朝

路

我们都是走在路上的人
我们都在追赶着时间
这个时代是属于我们的
我们走的崎岖不平的路
我们选定了要走这条路
这是唯一通向天国的路
我们都是神话里的人
我们都是创造奇迹的人
路在我们前进中伸延
引导的是不灭的火焰

雪落在中国的土地上

雪落在中国的土地上,
寒冷在封锁着中国呀……

风,
像一个太悲哀了的老妇,
紧紧地跟随着
伸出寒冷的指爪
拉扯着行人的衣襟,
用着像土地一样古老的话
一刻也不停地絮聒着……

那从林间出现的,
赶着马车的
你中国的农夫
戴着皮帽
冒着大雪
你要到哪儿去呢?

告诉你
我也是农人的后裔——
由于你们的
刻满了痛苦的皱纹的脸
我能如此深深地
知道了
生活在草原上的人们的
岁月的艰辛。

而我
也并不比你们快乐啊
——躺在时间的河流上
苦难的浪涛
曾经几次把我吞没而又卷起——
流浪与监禁
已失去了我的青春的
最可贵的日子，
我的生命
也像你们的生命
一样的憔悴呀

雪落在中国的土地上，
寒冷在封锁着中国呀……

沿着雪夜的河流,
一盏小油灯在徐缓地移行,
那破烂的乌篷船里
映着灯光,垂着头
坐着的是谁呀?

——啊,你
蓬发垢面的少妇,
是不是
你的家
——那幸福与温暖的巢穴——
已被暴戾的敌人
烧毁了么?
是不是
也像这样的夜间,
失去了男人的保护,
在死亡的恐怖里
你已经受尽敌人刺刀的戏弄?

咳,就在如此寒冷的今夜,
无数的
我们的年老的母亲,
都蜷伏在不是自己的家里,
就像异邦人,

不知明天的车轮,
要滚上怎样的路程……
——而且
中国的路
是如此的崎岖
是如此的泥泞呀。

雪落在中国的土地上,
寒冷在封锁着中国呀……

透过雪夜的草原
那些被烽火所啮啃着的地域,
无数的,土地的垦殖者
失去了他们所饲养的家禽
失去了他们肥沃的田地
拥挤在
生活的绝望的污巷里:
饥馑的大地
朝向阴暗的天
伸出乞援的
颤抖着的两臂。

中国的痛苦与灾难
像这雪夜一样广阔而又漫长呀!

雪落在中国的土地上
寒冷在封锁着中国呀……
中国
我的在没有灯光的晚上
所写的无力的诗句
能给你些许的温暖么？

1937 年 12 月 28 日夜间

手推车

在黄河流过的地域
在无数的枯干了的河底
手推车
以唯一的轮子
发出使阴暗的天穹痉挛的尖音
穿过寒冷与静寂
从这一个山脚
到那一个山脚
彻响着
北国人民的悲哀

在冰雪凝冻的日子
在贫穷的小村与小村之间
手推车
以单独的轮子
刻画在灰黄土层上的深深的辙迹
穿过广阔与荒漠
从这一条路

到那一条路

交织着

北国人民的悲哀

　　　　　　　　　　　1938年初

北　方

　　一天
　　那个科尔沁草原上的诗人
　　对我说：
　　"北方是悲哀的。"

不错
北方是悲哀的。
从塞外吹来的
沙漠风，
已卷去北方的生命的绿色
与时日的光辉
——一片暗淡的灰黄
蒙上一层揭不开的沙雾；
那天边疾奔而至的呼啸

带来了恐怖
疯狂地
扫荡过大地；

荒漠的原野

冻结在十二月的寒风里，

村庄呀，山坡呀，河岸呀，

颓垣与荒冢呀

都披上了土色的忧郁……

孤单的行人，

上身俯前

用手遮住了脸颊，

在风沙里

困苦地呼吸

一步一步地

挣扎着前进……

几只驴子

——那有悲哀的眼

　和疲乏的耳朵的畜生，

载负了土地的

痛苦的重压，

它们厌倦的脚步

徐缓地踏过

北国的

修长而又寂寞的道路……

那些小河早已枯干了

河底也已画满了车辙，

北方的土地和人民

在渴求着

那滋润生命的流泉啊!

枯死的林木

与低矮的住房

稀疏地,阴郁地

散布在灰暗的天幕下;

天上,

看不见太阳,

只有那结成大队的雁群

惶乱的雁群

击着黑色的翅膀

叫出它们的不安与悲苦,

从这荒凉的地域逃亡

逃亡到

绿荫蔽天的南方去了……

北方是悲哀的

而万里的黄河

汹涌着混浊的波涛

给广大的北方

倾泻着灾难与不幸;

而年代的风霜

刻划着

广大的北方的
贫穷与饥饿啊。

而我
——这来自南方的旅客,
却爱这悲哀的北国啊。
扑面的风沙
与入骨的冷气
决不曾使我咒诅;
我爱这悲哀的国土,
一片无垠的荒漠
也引起了我的崇敬
——我看见
我们的祖先
带领了羊群
吹着笳笛
沉浸在这大漠的黄昏里;
我们踏着的
古老的松软的黄土层里
埋有我们祖先的骸骨啊,
——这土地是他们所开垦
几千年了
他们曾在这里
和带给他们以打击的自然相搏斗

他们为保卫土地，
从不曾屈辱过一次，
他们死了
把土地遗留给我们——
我爱这悲哀的国土，
它的广大而瘦瘠的土地
带给我们以淳朴的言语
与宽阔的姿态，
我相信这言语与姿态
坚强地生活在土地上
永远不会灭亡；
我爱这悲哀的国土，
  古老的国土
——这国土
养育了为我所爱的
世界上最艰苦
与最古老的种族。

1938年2月4日　潼关

向太阳

从远古的墓茔
从黑暗的年代
从人类死亡之流的那边
震惊沉睡的山脉
若火轮飞旋于沙丘之上
太阳向我滚来……

——引自旧作《太阳》

一、我起来

我起来——
像一只困倦的野兽
受过伤的野兽
从狼藉着败叶的林薮
从冰冷的岩石上
挣扎了好久
支撑着上身

睁开眼睛
向天边寻觅……

我——
是一个
从遥远的山地
从未经开垦的山地
到这几千万人
　　用他们的手劳作着
　　用他们的嘴呼嚷着
　　用他们的脚走着的城市来的
　　旅客，
我的身上
酸痛的身上
深刻地留着
风雨的昨夜的
长途奔走的疲劳

但
我终于起来了
我打开窗
用囚犯第一次看见光明的眼
看见了黎明
——这真实的黎明啊

（远方

似乎传来了群众的歌声）

于是　我想到街上去

二、街上

早安呵

你站在十字街头

　　车辆过去时

　　举着白袖子的手的警察

早安呵

你来自城外的

　　挑着满箩绿色的菜贩

早安呵

你打扫着马路的

　　穿着红色背心的清道夫

早安呵

你提了篮子，第一个到菜场去的

　　棕色皮肤的年轻的主妇

我相信

昨夜

你们决不像我一样

　　被不停的风雨所追踪

被无止的噩梦所纠缠

你们都比我睡得好啊!

三、昨天

昨天

我在世界上

用可怜的期望

喂养我的日子

像那些未亡人

披着麻缕

用可怜的回忆

喂养她们的日子一样

昨天

我把自己的国土

　当作病院

——而我是患了难于医治的病的

没有哪一天

我不是用迟滞的眼睛

看着这国土的

　没有边际的凄惨的生命……

没有哪一天

我不是用呆钝的耳朵

听着这国土的
　没有止息的痛苦的呻吟

昨天
我把自己关在
精神的牢房里
四面是灰色的高墙
没有声音
我沿着高墙
走着又走着
我的灵魂
不论白日和黑夜
永远地唱着
一曲人类命运的悲歌

昨天
我曾狂奔在
阴暗而低沉的天幕下的
没有太阳的原野
到山巅上去
伏倒在紫色的岩石上
流着温热的眼泪
哭泣我们的世纪

现在好了

一切都过去了

四、日出

太阳

从远处的高层建筑

——那些水门汀与钢铁所砌成的山

和那成百的烟突

成千的电线杆子

成万的屋顶

所构成的

密丛的森林里

出来了……

在太平洋

在印度洋

在红海

在地中海

在我最初对世界怀着热望

而航行于无边蓝色的海水上的少年时代

我都曾看着美丽的日出

但此刻

在我所呼吸的城市

喷发着煤油的气息

柏油的气息

混杂的气息的城市

敞开着金属的胴体

矿石的胴体

电火的胴体的城市

宽阔地

承受黎明的爱抚的城市

我看见日出

比所有的日出更美丽

五、太阳之歌

是的

太阳比一切都美丽

比处女

比含露的花朵

比白雪

比蓝的海水

太阳是金红色的圆体

是发光的圆体

是在扩大的圆体

惠特曼

从太阳得到启示

用海洋一样开阔的胸襟

写出海洋一样开阔的诗篇

凡谷[1]

从太阳得到启示

用燃烧的笔

蘸着燃烧的颜色

画着农夫耕犁大地

画着向日葵

邓肯

从太阳得到启示

用崇高的姿态

披示给我们以自然的旋律

太阳

它更高了

它更亮了

它红得像血

太阳

---

[1] 现一般通译为梵高。

它使我想起　法兰西　美利坚的革命
想起　博爱　平等　自由
想起　德谟克拉西
想起　《马赛曲》　《国际歌》
想起　华盛顿　列宁　孙逸仙
　　和一切把人类从苦难里拯救出来的
　　人物的名字

是的
太阳是美的
且是永生的

六、太阳照在

初升的太阳
照在我们的头上
照在我们的久久地低垂着
　　不曾抬起过的头上
太阳照着我们的城市和村庄
照着我们的久久地住着
　　屈服在不正的权力下的城市和村庄
太阳照着我们的田野、河流和山峦
照着我们的从很久以来
　　到处都蠕动着痛苦的灵魂的

田野、河流和山峦……

今天
太阳的炫目的光芒
把我们从绝望的睡眠里刺醒了
也从那遮掩着无限痛苦的迷雾里
刺醒了我们的城市和村庄
也从那隐蔽着无边忧郁的烟雾里
刺醒了我们的田野、河流和山峦
我们仰起了沉重的头颅
从濡湿的地面
一致地
向高空呼嚷
"看我们
我们
笑得像太阳！"

七、在太阳下

"看我们
我们
笑得像太阳！"

那边

一个伤兵
支撑着木制的拐杖
沿着长长的墙壁
跨着宽阔的步伐
太阳照在他的脸上
照在他纯朴地笑着的脸上
他一步一步地走着
他不知道我在远处看着他
当他的披着绣有红十字的灰色衣服的
　高大的身体
走近我的时候
这太阳下的真实的姿态
我觉得
比拿破仑的铜像更漂亮

太阳照在
城市的上空

街上的人
这么多，这么多
他们并不曾向我打招呼
但我向他们走去
我看着每一个从我身边走过的人
对他们

我不再感到陌生

太阳照着他们的脸
照着他们的
　　光洁的，年轻的脸
　　发皱的，年老的脸
　　红润的，少女的脸
　　善良的，老妇的脸
和那一切的
　昨天还在惨愁着但今天却笑着的脸
他们都匆忙地
摆动着四肢
在太阳光下
来来去去地走着
　　——好像他们被同一的意欲所驱使似的
他们含着微笑的脸
也好像在一致地说着
"我们爱这日子
不是因为我们
　　看不见自己的苦难
不是因为我们
　　看不见饥饿与死亡
我们爱这日子
是因为这日子给我们

带来了灿烂的明天的
最可信的音讯。"

太阳光
闪烁在古旧的石桥上……

几个少女——
　　那些幸福的象征啊
背着募捐袋
在石桥上
在太阳下
唱着清新的歌
　　"我们是天使
　　健康而纯洁
　　我们的爱人
　　年轻而勇敢
　　有的骑战马
　　驰骋在旷野
　　有的驾飞机
　　飞翔在天空……"
（歌声中断了，她们在向行人募捐）
现在
她们又唱了
　　"他们上战场

奋勇杀敌人
　　我们在后方
　　慰劳与宣传
　　一天胜利了
　　欢聚在一堂……"
她们的歌声
是如此悠扬
太阳照着她们的
　　骄傲地突起的胸脯
和袒露着的两臂
和发出尊严的光辉的前额
她们的歌
飘到桥的那边去了……

　　太阳的光
　　泛滥在街上

浴在太阳光里的
　　街的那边
一群穿着被煤烟弄脏了的衣服的工人
扛抬着一架机器
　　——金属的棱角闪着白光
太阳照在
　　他们流汗的脸上

当他们每一步前进时
他们发出缓慢而沉洪的呼声
　"杭——唷
　杭——唷
　我们是工人
　工人最可怜
　贫穷中诞生
　劳动里成长
　一年忙到头
　为了吃与穿
　吃又吃不饱
　穿又穿不暖
　杭——唷
　杭——唷
　自从八一三
　敌人来进攻
　工厂被炸掉
　东西被抢光
　几千万工友
　饥饿与流亡
　我们在后方
　要加紧劳动
　为国家生产
　为抗战流汗

一天胜利了
　　生活才饱暖
　　杭——唷
　　杭——唷……"
他们带着不止的杭唷声
　　转弯了……

太阳光
泛滥在旷场上
旷场上
成千的穿草黄色制服的士兵
　　在操演
他们头上的钢盔
　　和枪上的刺刀
闪着白光
他们以严肃的静默
等待着
　　那及时的号令
现在
他们开步了
从那整齐的步伐声里
我听见
　　"一！二！三！四！
　　一！二！三！四！

我们是从田野来的
我们是从山村来的
我们生活在茅屋
我们呼吸在畜棚
我们耕犁着田地
田地是我们的生命
但今天
敌人来到我们的家乡
我们的茅屋被烧掉
我们的牲口被吃光
我们的父母被杀死
我们的妻女被强奸
我们没有了镰刀与锄头
只有背上了子弹与枪炮
我们要用闪光的刺刀
抢回我们的田地
回到我们的家乡
消灭我们的敌人
敌人的脚踏到哪里
敌人的血流到哪里……
……
一！二！三！四！
一！二！三！四！
……"

这真是何等的奇遇啊……

八、今天

今天
奔走在太阳的路上
我不再垂着头
　把手插在裤袋里了
嘴也不再吹那寂寞的口哨
不看天边的流云
不彷徨在人行道

今天
在太阳照着的人群当中
我决不专心寻觅
那些像我自己一样惨愁的脸孔了

今天
太阳吻着我昨夜流过泪的脸颊
吻着我被人世间的丑恶厌倦了的眼睛
吻着我为正义喊哑了声音的嘴唇
吻着我这未老先衰的
啊！快要佝偻了的背脊

今天

我听见

太阳对我说

 "向我来

 从今天

 你应该快乐些呵……"

于是

被这新生的日子所蛊惑

我欢喜清晨郊外的军号的悠远的声音

我欢喜拥挤在忙乱的人丛里

我欢喜从街头敲打过去的锣鼓的声音

我欢喜马戏班的演技

 当我看见了那些原始的，粗暴的，健康的运动

 我会深深地爱着它们

 ——像我深深地爱着太阳一样

今天

我感谢太阳

太阳召回了我的童年了

九、我向太阳

我奔驰

依旧乘着热情的轮子

太阳在我的头上

用不能再比这更强烈的光芒

燃灼着我的肉体

由于它的热力的鼓舞

我用嘶哑的声音

歌唱了:

　"于是,我的心胸

　被火焰之手撕开

　陈腐的灵魂

　搁弃在河畔……"

这时候

我对我所看见　所听见

感到了从未有过的宽怀与热爱

我甚至想在这光明的际会中死去……

1938年4月　武昌

我爱这土地

假如我是一只鸟,
我也应该用嘶哑的喉咙歌唱:
这被暴风雨所打击着的土地,
这永远汹涌着我们的悲愤的河流,
这无止息地吹刮着的激怒的风,
和那来自林间的无比温柔的黎明……
——然后我死了,
连羽毛也腐烂在土地里面。

为什么我的眼里常含泪水?
因为我对这土地爱得深沉……

1938 年 11 月 17 日

复活的土地

腐朽的日子
早已沉到河底,
让流水冲洗得
快要不留痕迹了;

河岸上
春天的脚步所经过的地方,
到处是繁花与茂草;
而从那边的丛林里
也传出了
忠心于季节的百鸟之
高亢的歌唱。

播种者呵
是应该播种的时候了,
为了我们肯辛勤地劳作
大地将孕育
金色的颗粒。

就在此刻，
你——悲哀的诗人呀，
也应该拂去往日的忧郁，
让希望苏醒在你自己的
久久负伤着的心里：

因为，我们的曾经死了的大地，
在明朗的天空下
已复活了！
——苦难也已成为记忆，
在它温热的胸膛里
重新漩流着的
将是战斗者的血液。

1937年7月6日　沪杭路上

黄 昏

黄昏的林子是黑色而柔和的
林子里的池沼是闪着白光的
而使我沉溺地承受它的抚慰的风啊
一阵阵地带给我以田野的气息……

我永远是田野气息的爱好者啊……
无论我漂泊在哪里
当黄昏时走在田野上
那如此不可排遣地困惑着我的心的
是对于故乡路上的畜粪的气息
和村边的畜棚里的干草的气息的记忆啊……

1938年7月16日黄昏　武昌

春　雨

我愿天不下雨——
让我走出这乌黑的城市里的斗室,
走过那些煤屑铺的小路
慢慢地踱到郊外去,
因为此刻是春天——
毛织物该折好的季候了。
我要看一年开放一次的
桃花与杏花
看青草丛中的溪水,
徐缓地游过去
——像一条银色的大蟒蛇;
看公路旁边的电线上的白鸽,
咕叫着,拍着翅膀的白鸽;
看那些用脚踏车滑过柏油路的少女——
那些少女爱穿短裤
在柔风里飘着她们的鬈发,
一片蔚蓝的天
衬出她们鲜红的两颊

和不止的晴朗的笑……
而我将躺在高岗上，
让白云带着我的心
航过天之海……
我要听那些银铃样的歌声——
来自果树园中的歌声；
那些童年之珍奇的询问；
和那些用风与草编成的情话……
愿啮草的白羊来舐我的手，
我将给篱笆边上的农妇
和她的怀孕的牝牛以祈祷；
而我也将给这远方的，迷失在
煤烟里的城市
和繁忙的人群以怜悯……
但，天却飘起霏霏的雨滴了……

　　　　　　　　　　　1937年3月23日　上海

生　命

有时
我伸出一只赤裸的臂
平放在壁上
让一片白垩的颜色
衬出那赭黄的健康

青色的河流鼓动在土地里
蓝色的静脉鼓动在我的臂膀里

五个手指
是五支新鲜的红色
里面旋流着
土地耕植者的血液

我知道
这是生命
让爱情的苦痛与生活的忧郁
让它去担载罢，

让它喘息在
世纪的辛酷的犁轭下，
让它去欢腾，去烦恼，去笑，去哭罢，
它将鼓舞自己
直到颓然地倒下！

这是应该的
依照我的愿望
在期待着的日子
也将要用自己的悲惨的灰白
去衬映出
新生的跃动的鲜红

1937 年 4 月

第二辑

画者的行吟

芦 笛
——纪念故诗人阿波里内尔

> J'avais un mirliton que je n'aurais pas é changé contre un b ton de maré chal de France.
> ——G.Apollinaire[1]

我从你彩色的欧罗巴
带回了一支芦笛,
同着它,
我曾在大西洋边
像在自己家里般走着,
如今
你的诗集"Alcool"[2]是在上海的巡捕房里,
我是"犯了罪"的,
在这里

---

[1] 当年我有一支芦笛,拿法国大元帅的节杖我也不换。——阿波里内尔
[2] 法文,酒。

芦笛也是禁物。
我想起那支芦笛啊,
它是我对于欧罗巴的最真挚的回忆,
阿波里内尔君,
你不仅是个波兰人,
因为你
在我的眼里,
真是一节流传在蒙马特的故事,
那冗长的,
　惑人的,
由玛格丽特震颤的褪了脂粉的唇边
吐出的堇色的故事。
谁不应该朝向那
白里安和俾斯麦的版图
吐上轻蔑的唾液呢——
那在眼角里充溢着贪婪,
卑污的盗贼的欧罗巴!
但是,
我耽爱着你的欧罗巴啊,
波特莱尔和兰布的欧罗巴。
在那里,
我曾饿着肚子
把芦笛自矜地吹,
人们嘲笑我的姿态,

因为那是我的姿态呀!

人们听不惯我的歌,

因为那是我的歌呀!

滚吧,

你们这些曾唱了《马赛曲》,

而现在正在淫污着那

光荣的胜利的东西!

今天,

我是在巴士底狱里,

不,不是那巴黎的巴士底狱。

芦笛并不在我的身边,

铁镣也比我的歌声更响,

但我要发誓——对于芦笛,

为了它是在痛苦的被辱着,

我将像一七八九年似的

向灼肉的火焰里伸进我的手去!

在它出来的日子,

将吹送出

对于凌侮过它的世界的

毁灭的咒诅的歌。

而且我要将它高高地举起,

以悲壮的 Hymne[1]

---

[1] 法文,颂歌。

把它送给海，
送给海的波，
粗野的嘶着的
海的波啊！

1933 年 3 月 28 日

太　阳

从远古的墓茔
从黑暗的年代
从人类死亡之流的那边
震惊沉睡的山脉
若火轮飞旋于沙丘之上
太阳向我滚来……

它以难遮掩的光芒
使生命呼吸
使高树繁枝向它舞蹈
使河流带着狂歌奔向它去

当它来时，我听见
冬蛰的虫蛹转动于地下
群众在旷场上高声说话
城市从远方
用电力与钢铁召唤它

于是我的心胸

被火焰之手撕开

陈腐的灵魂

搁弃在河畔

我乃有对于人类再生之确信

1937 年春

煤的对话

——A—Y.R.[1]

你住在哪里?

我住在万年的深山里
我住在万年的岩石里

你的年纪——

我的年纪比山的更大
比岩石的更大

你从什么时候沉默的?

从恐龙统治了森林的年代
从地壳第一次震动的年代

---

[1] 给又然。

你已死在过深的怨愤里了么?

死?不,不,我还活着——
请给我以火,给我以火!

1937 年春

浪

你也爱那白浪么——
它会啃啮岩石
更会残忍地折断船橹
　　　　　撕碎布帆

没有一刻静止
它自满地谈述着
从古以来的
航行者的悲惨的故事

或许是无理性的
但它是美丽的

而我却爱那白浪
——当它的泡沫溅到我的身上时
我曾起了被爱者的感激

1937 年 5 月 2 日　吴淞炮台湾

笑

　　我不相信考古学家——

　　在几千年之后,
　　在无人迹的海滨,
　　在曾是繁华过的废墟上
　　拾得一根枯骨
　　——我的枯骨时,
　　他岂能知道这根枯骨
　　是曾经了二十世纪的烈焰燃烧过的?

　　又有谁能在地层里
　　寻得
　　那些受尽了磨难的
　　牺牲者的泪珠呢?
　　那些泪珠
　　曾被封禁于千重的铁栅,
　　却只有一枚钥匙
　　可以打开那些铁栅的门,

而去夺取那钥匙的无数大勇
却都倒毙在
守卫者的刀枪下了

如能捡得那样的一颗泪珠
藏之枕畔
当比那捞自万丈的海底之贝珠
更晶莹,更晶莹
而彻照万古啊!

我们岂不是
都在自己的年代里
被钉上了十字架么?
而这十字架
决不比拿撒勒人所钉的
较少痛苦。

敌人的手
给我们戴上荆棘的冠冕
从刺破了的惨白的前额
淋下的深红的血点,
也不曾写尽
我们胸中所有的悲愤啊!
诚然

我们不应该有什么奢望,
却只愿有一天
人们想起我们,
像想起远古的那些
和巨兽搏斗过来的祖先,
脸上会浮上一片
安谧而又舒展的笑——
虽然那是太轻松了,
但我却甘愿
为那笑而捐躯!

1937年5月8日

桥

当土地与土地被水分割了的时候,
当道路与道路被水截断了的时候,
智慧的人类伫立在水边:
于是产生了桥。

苦于跋涉的人类,
应该感谢桥啊。

桥是土地与土地的联系;
桥是河流与道路的爱情;
桥是船只与车辆点头致敬的驿站;
桥是乘船者与步行者挥手告别的地方。

1939 年秋

灯

盼望着能到天边
去那盏灯的下面——
而天是比盼望更远的!
虽然光的箭,已把距离
消灭到乌有了的程度;
但怎么能使我的颤指,
轻轻地抚触一下
那盏灯的辉煌的前额呢?

冬天的池沼

冬天的池沼,
寂寞得像老人的心——
饱历了人世的辛酸的心;
冬天的池沼,
枯干得像老人的眼——
被劳苦磨失了光辉的眼;
冬天的池沼,
荒芜得像老人的发——
像霜草般稀疏而又灰白的发;
冬天的池沼,
阴郁得像一个悲哀的老人——
佝偻在阴郁的天幕下的老人。

1940 年 1 月 11 日

画者的行吟

沿着塞纳河
我想起：
昨夜锣鼓咚咚的梦里
生我的村庄的广场上，
跨过江南和江北的游艺者手里的
那方凄艳的红布……
——只有西班牙的斗牛场里
有和这一样的红布啊！
爱弗勒铁塔
伸长起
我惆怅着远方童年的记忆……
由铅灰的天上
我俯视着闪光的水的平面，
那里
画着广告的小艇
一只只地驰过……
汽笛的呼嚷一阵阵地带去了
我这浪客的回想

从蒙马特到蒙巴那司,

我终日无目的地走着……

如今啊

我也是个 Bohemien[1] 了!

——但愿在色彩的领域里

不要有家邦和种族的嗤笑。

在这城市的街头

我痴恋迷失地过着日子,看哪

Chagall[2] 的画幅里

那病于爱情的母牛,

在天际

无力地睁着怀念的两眼,

露西亚田野上的新妇

坐在它的肚下,

挤着香洌的牛乳……

噫!

这片土地

于我是何等舒适!

听呵

从 Cendrars[3] 的歌唱,

像 T.S.F.[4] 的传播

---

[1] 法文,波西米亚人,流浪汉。
[2] 出生于俄国的乌特夫斯克的法国现代著名雕塑家、画家。
[3] Cendrars(1887—1961)是在瑞士出生的法国作家。作品富有诗意。
[4] 法文,无线电报。

震响着新大陆的高层建筑般
簇新的 Cosmopolite[1] 的声音……
我——
这世上的生客,
在他自己短促的时间里
怎能不翻起他新奇的忻喜
和新奇的忧郁呢?
生活着
像那方悲哀的红布,
飘动在
人可无懊丧的死去的
　　蓝色的边界里,
永远带着骚音
我过着彩色而明朗的时日;
在最古旧的世界上
唱一支锵锵的歌,
这歌里
以溅血的震颤祈祷着:
愿这片暗绿的大地
将是一切流浪者们的王国。

1936 年 11 月

---

[1] 英文,大同的、国际性的。

我的季候

今天已不能再坐在
公园的长椅上,看鸽群
环步于石像的周围了。
唯有雨滴
做了这里的散步者;
偶尔听见从静寂里喧起的
它的步伐之单调而悠长的声响,
真有不可却的抑郁
袭进你少年的心头啊。
沿着无尽长的人行道,
街树枝头零落的点滴
飘散在你裸露的颈上;
伸手去触围着公园的
　　铁的栏栅,像执着
倦于憎爱的妇女之腻指,
使你感到有太快慰了的
新凉……
这是我的季候……

让我打着断续而扬抑起
直升到空虚里去的
音节之漫长的口哨,
向一切无人走的道上走去……
每当我想起了……初春之
过甚的浮夸,夏的傲慢的
炽烈,并严冬之可叹的
冷酷时,我愿岁岁朝朝
都挽住了这般的
含有无限懊丧的秋色。
乌黑的怨恨,金煌的情爱
它们一样的与我无关;
而对于生命的挂怀,
和什么幸运的热望呀,
已由萧萧初坠的残叶,
告知你以可信的一切了。
秋啊!
你全般灰色的雨滴,
请你伴着我——为了我
已厌倦于听取那些
伴作真理的烦琐的话语——
和我守着可贵的契默,
跨过那
由车轮溅起了

污水的广场,往不知
名的地方流浪去吧!

1937 年

窗

在这样绮丽的日子
我悠悠地望着窗
也能望见她
她在我幻想的窗里
我望她也在窗前
用手支着丰满的下颌
而她柔和的眼
则沉浸在思念里

在她思念的眼里
映着一个无边的天
那天的颜色
是梦一般青的
青的天的上面
浮起白的云片了
追踪那云片
她能望见我的影子

是的，她能望见我
也在这样的日子
因我也是生存在
她幻想的窗里的

1936 年

公　路

像那些阿美利加人
行走在加利福尼亚的大道上
我行走在中国西部高原的
新辟的公路上

我从那隐蔽在群山的峡谷里的
一个卑微的小村庄里出来
我从那阴暗的，迷蒙着柴烟的小瓦屋里出来
带着农民的耿直与痛苦的激情
奔上山去——
让空气与阳光
和展开在山下的如海洋一样的旷野
拂去我的日常的烦琐
和生活的苦恼
也让无边的明朗的天的幅员
以它的毫无阻碍的空阔
松懈我的长久被窒息的心啊……

绵长的公路

沿着山的形体

弯曲地，伏贴地向上伸引

人在山上慢慢地升高

慢慢地和下界远离

行走在大气的环绕里

似乎飘浮在半空

我们疲倦了

可以在一棵古树的根上

坐下休息

听山涧从巉岩间

奔腾而下

看鹰鸷与雕鸽

呼叫着又飞翔着

在我们的身边……

而背上负着煤袋的骡马队

由衣着褴褛的人们带引着

由倦怠的呵斥和无力的鞭打指挥着

凌乱地从这里过去

又转进了一个幽僻山峡里去

我们可以随着它们的步伐

揣摩着在那山峡里和衰败的古庙相毗连

有着一排制造着简陋的工业品的房屋

那些载重的卡车啊

带着愉快的隆隆之声而来

车上的货物颠簸着

那些年轻的人们

朝向我这步行者

扬臂欢呼

在这样的日子

即使他们的振奋

和我的振奋不是来自同一的缘由

我的心也在不可抑制地激动啊

更有那些轻捷的汽车

挣着从金属的反射

所投射出来的日光之翅

陶醉在疾行的速度里

在山脉上

勇敢地飞驰

鼓舞了我的感情与想象

和它们比翼在空中

于是

我的灵魂得到了一次解放

我的肺腑呼吸着新鲜

我的眼瞳为远景而扩大
我的脚因欢忭而跛行在世界上

用坚强的手与沉重的铁锤所劈击
又用暴烈的炸药轰开了岩石
在万丈高的崖壁的边沿
以石块与泥土与水门汀
和成千成万的劳动者的汗
凝固成了万里长的道路
上面是天穹
——一片令人看了要昏眩的蓝色
下面是大江
不止地奔腾着江水
无数的乌暗的木船和破烂的布帆
几乎是静止地漂浮在水面上
从这里看去
渺小得只成了一些灰黯的斑点
人行走在高山之上
远离了烦琐与阴暗的住房
可怜的心，诚朴的心啊
终于从单纯与广阔
重新唤醒了
一个生命的崇高与骄傲——
即使我是一颗蚂蚁

或是一只有坚硬的翅膀的蚱蜢
在这样的路上爬行或飞翔
也是最幸福的啊……

今天,我穿着草鞋
戴着麦秆编的凉帽
行走在新辟的公路上
我的心因为追踪自由
而感到无限地愉悦啊
铺呈在我的前面的道路
是多么宽阔!多么平坦!
多么没有羁绊地自如地
向远方伸展——
我们可以清楚地看见
它向天的边际蜿蜒地远去
那么豪壮地络住了地面
当我在这里向四周凝望
河流,山丘,道路,村舍
和随处都成了美丽的丛簇的树林
无比调谐地浮现在大气里
竟使我如此明显地感到
我是站在地球的巅顶

1940 年秋

风的歌

我是季候的忠实的使者
报告时序的运转与变化
奔忙在世界上

寂静的微寒的二月
我从南方的森林出发
爬上险峻的山峰
走过潮湿的山谷
渡过湖沼与江河
带着温暖与微笑
沿途唤醒沉睡的生物

山巅的积雪融化了
结冰的河流解冻了
黑色的土地吐出绿色的嫩芽
百鸟在飘动的树枝上歌唱
忧愁从人们脸上消失
含笑的眼睛

看着被阳光照射的田野
布谷鸟站在山岩上
一阵阵一阵阵地叫唤
殷勤地催促着农人
把土地翻耕
把河水灌溉
向田亩播撒种子
晴朗的发光的五月
我徘徊在山谷和田野
河流因我的跳跃激起波浪
池沼因我的漫步浮起皱纹
午后，我疾行在悬崖的边沿
晚上，我休息在森林

我是云的牧人
带领羊群一样的白云
放牧在碧蓝的晴空
从上空慢慢移行
阴影停留在旷野

我是雨的引路人
当大地为久旱所焦灼
我被发怒的乌云推拥
带着急喘，匆忙地

跃上山崖、跳下平野,
疾驰在闪电、雷、雨的前面
拍击着门窗,向人们呼喊:
"大雷雨要来了!
大雷雨要来了!"

成熟的丰盛的八月
挂满稻草的杉树林里
在草堆上微睡之后
走过收割了的田亩
到山脚下的乡村
裹着头巾的农妇
向我发出欢呼
当她们在广场上
高高地举起筛子
摆动风车的扇柄
我就以我的敏捷
帮助这些勤奋的人
把谷壳和米糠吹散出来

起雾和下雨的日子
我走在阴凉的大气里
自然在极度的繁华之后
已临到了厌倦

曾经美丽的东西

都已变成枯萎

飞鸟合上翅膀

鸣虫停止叫唤

我含着伤感

摇落树上欲坠的残叶

打扫枯枝狼藉的院子

推倒被秋雨淋成乌黑的篱笆

挨家挨户督促贫苦的人们

赶快更换屋背上的茅草

上山砍伐冬季的燃料

因为我知道，对于他们

更坏的日子还在后面

阴暗的忧郁的十一月

带着寒冷的雨滴

我离开遥远的北方

有时，在黄昏

穿过荒凉的旷野

我走近一家茅屋

从窗户向里面窥探

一个农夫和他的妻子

对着刚点亮的油灯

为不曾缴纳税租而愁苦
一听见外面有了声音
就突然打了一个寒噤

当我从摩天的山岭经过
盲眼的老人跟我下来
他是季候的掘墓人
以嫉妒为食粮
以仇恨为饮料
他的嘘息侵进我的灵魂
自从他和我同路以来
我就不再有愉快了
我抖索着,牵着他枯干的手
慢慢地从山上走下平原
沿着我来的路向南方移行
四周,看不见人影和兽迹
万物露出惨愁的样子
这个老人!他一边扶着我
一边用痉挛的手摸索
他的手指所触到的东西
都起了一阵可怕的寒战
他的脚一伸到河流
河水就成了僵冻
他睁着灰白无光的眼睛

不断地从嘴里吐出咒语：

"大地死了……大地死了……"

于是他散播着雪片

抛掷着雪团

用一层厚厚的白雪

裹住大地的尸身

当我极目远望时

我也不禁伏倒在山岩上啜泣……

尾　声

等一切生物经过长期的坚忍

经过悠久的黑暗与寒冷的统治

我又从南方海上的一个小岛起程

站在那第一只北航的船的布帆后面

带着温暖和燕子、欢快和花朵

唱着白云的柔美的歌

为金色的阳光所护送

向初醒的大地飞奔……

1942 年 9 月 6 日

野　火

在这些黑夜里燃烧起来
在这些高高的山巅上
伸出你的光焰的手
去抚扪夜的宽阔的胸脯
去抚扪深蓝的冰凉的胸脯
从你的最高处跳动着的尖顶
把你的火星飞飏起来
让它们像群仙似的飘落在
那些莫测的黑暗而又冰冷的深谷
去照见那些沉睡的灵魂
让它们即使在缥缈的梦中
也能得到一次狂欢的舞蹈

在这些黑夜里燃烧起来
更高些！更高些！
让你的欢乐的形体
从地面升向高空
使我们这困倦的世界

因了你的火光的鼓舞

苏醒起来！喧腾起来！

让这黑夜里的一切的眼

都在看望着你

让这黑夜里一切的心

都因了你的召唤而震荡

欢笑的火焰呵

颤动的火焰呵

听呀从什么深邃的角落

传来了那赞颂你的瀑布似的歌声……

1942 年　陕北

启明星

属于你的是
光明与黑暗交替
黑夜逃遁
白日追踪而至的时刻

群星已经退隐
你依然站在那儿
期待着太阳上升

被最初的晨光照射
投身在光明的行列
直到谁也不再看见你

1956 年 8 月

第三辑

献给乡村的诗

村　庄

我是一个海滨的省份的村庄的居民,
自从我看见了都市的风景画片,
我就不再爱那鄙陋的村庄了,
十五岁起我开始在都市里流浪,
有时坐在小酒店里想起我的村庄,
我的心里就引起了无尽的哀怜,
那些都市大街上的每一幢房子,
都要比我那整个的村庄值钱啊……
还有那些珠宝铺,那些大商场,
那些国货陈列所,
人们在里面兜一个圈子
也比在家乡过一生要有意思,
假若他不是一只松鼠
决不会回到那可怜的村庄。
我知道这是不公平的,背义的,
人们厌弃他们的村庄
像浪子抛开他善良的妻子,
宁愿用真诚去换取那些
卖淫妇的媚笑与谎话,

到头了两手插在空袋里踯躅在街边。
连傻子也知道那些大都市是一群吸血鬼——
它们吞蚀着：钢铁，木材，食粮，燃料
和成千成万的劳动者的健康；
千万个村庄从千万条路向它们输送给养……
我们所饲养的家畜被装进了罐头；
每天积蓄下来的鸡蛋被做成了饼干；
我们采集的水果，收割的大豆和小麦，
从来不会在我们家里停留太久；
还有那些年轻的小伙子借了路费出发，
一年年过去，不再有回家的消息；
只让那些愚蠢和衰老的人们，
像乌桕树一样守住那村庄。

磨坊和舂臼的声音说尽了村庄的单调，
无聊的日子在鸡啼和犬吠声里过去；
偶然有人为了奔丧回到家乡时，
他的一只皮鞋就足够使全村的人看了眼红，
还有透明的烟嘴和发亮的表链，
会使得年轻的女人眼里射出光辉。

让那些一辈子坐在纺车旁边的老太婆，
和含着旱烟管讲着"长毛"故事的老汉们，
留在那里等他们的用楠木做的棺材吧！
让童养媳用手拍着那呛咳的老妇的背吧！

让那些胆怯得像老鼠的人在豆腐店的前面吹牛吧!
让盲眼的算命人弹着三弦走进茅屋去吧!
倒霉的村庄呀,年轻的人谁还欢喜你呢?
他们知道都市里的破卡车都比你要神气
——大笑着,奔跳着,又叫嚣着
从洋行和公司前面滚过……

要到什么时候我的可怜的村庄才不被嘲笑呢?
要到什么时候我的老实的村庄才不被愚弄呢?
什么时候我的那个村庄也建造起小小的工厂:
从明洁的窗子可以看见郁绿的杉木林,
机轮的齐匀的鸣响混在秋虫的歌声一起?
什么时候在山坡背后突然露出了一个烟囱,
从里面不止地吐出一朵一朵灰白色的烟花?
什么时候人们生活在那里不会觉得卑屈,
穿得干净,吃得饱,脸上含着微笑?
什么时候,村庄对都市不再怀着嫉妒与仇恨,
都市对村庄也不再怀着鄙夷与嫌恶,
它们都一样以自己的智力为人类创造幸福,
那时我将回到生我的村庄去,
用不是虚饰而是真诚的歌唱
去赞颂我的小小的村庄。

1941 年 12 月 27 日

当黎明穿上了白衣

紫蓝的林子与林子之间
由青灰的山坡到青灰的山坡,
绿的草原,
绿的草原,草原上流着
——新鲜的乳液似的烟……

啊,当黎明穿上了白衣的时候,
田野是多么新鲜!
看,
微黄的灯光,
正在电杆上颤栗它的最后的时间。
看!

1932 年 1 月 25 日　由巴黎到马赛的路上

献给乡村的诗

我的诗献给中国的一个小小的乡村——
它被一条山冈所伸出的手臂环护着。
山冈上是年老的常常呻吟的松树；
还有红叶子像鸭掌般撑开的枫树；
高大的结着戴帽子的果实的榉子树
和老槐树，主干被雷霆劈断的老槐树；
这些年老的树，在山冈上集成树林，
荫蔽着一个古老的乡村和它的居民。

我想起乡村边上澄清的池沼——
它的周围密密地环抱着浓绿的杨柳，
水面浮着菱叶、水葫芦叶、睡莲的白花。
它是天的忠心的伴侣，映着天的欢笑和愁苦；
它是云的梳妆台，太阳、月亮、飞鸟的镜子；
它是群星的沐浴处，水禽的游泳池；
而老实又庞大的水牛从水里伸出了头，
看着村妇蹲在石板上洗着蔬菜和衣服。

我想起乡村里那些幽静的果树园——
园里种满桃子、杏子、李子、石榴和林檎,
外面围着石砌的围墙或竹编的篱笆,
墙上和篱笆上爬满了茑萝和纺车花:
那里是喜鹊的家,麻雀的游戏场;
蜜蜂的酿造室,蚂蚁的堆货栈;
蟋蟀的练音房,纺织娘的弹奏处;
而残忍的蜘蛛偷偷地织着网捕捉蝴蝶。

我想起乡村路边的那些石井——
青石砌成的六角形的石井是乡村的储水库,
汲水的年月久了,它的边沿已刻着绳迹。
暗绿而濡湿的青苔也已长满它的周围,
我想起乡村田野上的道路——
用卵石或石板铺的曲折窄小的道路,
它们从乡村通到溪流、山冈和树林,
通到森林后面和山那面的另一个乡村。

我想起乡村附近的小溪——
它无日无夜地从远方引来了流水
给乡村灌溉田地、果树园、池沼和井,
供给乡村上的居民们以足够的饮料;
我想起乡村附近小溪上的木桥——
它因劳苦消瘦得只剩了一副骨骼,

长年地赤露着瘦长的腿站在水里,
让村民们从它驼着的背脊上走过。

我想起乡村中间平坦的旷场——
它是村童们的竞技场,角力和摔跤的地方,
大人们在那里打麦,掼豆,飏谷,筛米……
长长的横竹竿上飘着未干的衣服和裤子;
宽大的地席上铺晒着大麦、黄豆和荞麦;
夏天晚上人们在那里谈天、乘凉,甚至争吵,
冬天早晨在那里解开衣服找虱子、晒太阳;
假如一头牛从山崖跌下,它就成了屠场。

我想起乡村里那些简陋的房屋——
它们紧紧地挨挤着,好像冬天寒冷的人们,
它们被柴烟熏成乌黑,到处挂满了尘埃,
里面充溢着女人的叱骂和小孩的啼哭;
屋檐下悬挂着向日葵和萝卜的种子,
和成串的焦红的辣椒,枯黄的干菜;
小小的窗子凝望着村外的道路,
看着山峦以及远处山脚下的村落。

我想起乡村里最老的老人——
他的须发灰白,他的牙齿掉了,耳朵聋了,
手像紫荆藤紧紧地握着拐杖,

从市集回来的村民高声地和他谈着行情；
我想起乡村里最老的女人——
自从一次出嫁到这乡村，她就没有离开过，
她没有看见过帆船，更不必说火车、轮船，
她的子孙都死光了，她却很骄傲地活着。

我想起乡村里重压下的农夫——
他们的脸像松树一样发皱而阴郁，
他们的背被过重的挑担压成弓形，
他们的眼睛被失望与怨愤磨成混沌；
我想起这些农夫的忠厚的妻子——
她们贫血的脸像土地一样灰黄，
她们整天忙着磨谷、舂米，烧饭，喂猪，
一边纳鞋底一边把奶头塞进婴孩啼哭的嘴。

我想起乡村里的牧童们，
想起用污手擦着眼睛的童养媳们，
想起没有土地没有耕牛的佃户们，
想起除了身体和衣服之外什么也没有的雇农们，
想起建造房屋的木匠们、石匠们、泥水匠们，
想起屠夫们、铁匠们、裁缝们，
想起所有这些被穷困所折磨的人们——
他们终年劳苦，从未得到应有的报酬。
我的诗献给乡村里一切不幸的人——

无论到什么地方我都记起他们,
记起那些被山岭把他们和世界隔开的人,
他们的性格像野猪一样,沉默而凶猛,
他们长久地被蒙蔽,欺骗与愚弄;
每个脸上都隐蔽着不曾爆发的愤恨;
他们衣襟遮掩着的怀里歪插着尖长快利的刀子,
那藏在套里的刀锋,期待着复仇的来临。

我的诗献给生长我的小小的乡村——
卑微的,没有人注意的小小的乡村,
它像中国大地上的千百万的乡村。
它存在于我的心里,像母亲存在儿子心里。
纵然明丽的风光和污秽的生活形成了对照,
而自然的恩惠也不曾弥补了居民的贫穷,
这是不合理的:它应该有它和自然一致的和谐:
为了反抗欺骗与压榨,它将从沉睡中起来。

1942 年 9 月 7 日

梦

我们挤在一间大房子里
房子是在旷野上的
那些女人把乳头塞住那些小孩的嘴
老人痉挛地摇着头
——想把恐怖从他的头上摆去
这么多的人却没有一点声音
像有火车从远处驰来……
屋角有人在惊叫：
"飞机　飞机　飞机"
啊，
从挤满人的窗下
向铅灰色的天看哪……
"就在我们这房子的上面！"
黑色的巨翼盖满了灰色的天
还是出去吧
不论老的和带着小孩的
让不会走的给背去！
哪儿来的这么多人

快点离开这房子吧

旷野从什么时候起变成这样了?

没有树　没有草

一片青色到哪儿去了?

还有那些花香呢?

——我好像在这里躺过的

那日子是红的　绿的　黄的　紫的

谁欢喜这烧焦了的气息?

谁欢喜天边的那片混浊的猩红?

不像朝云!不像晚霞!

你们为什么走那边呢

(让小孩不要哭吧)

那一条路可以通到安静的地带吗?

咳,谁能给我们一个指示的手势?

天压得更低了……

又是飞机　飞机

看,那边

扬起了泥土

房子倒了

砖飞得那么高——落下了

啊,是的

所有的树和草都是这样死去的;

但是,我们像树和草吗?

让我们不再走了吧

也不要回到避难所去!
我们应该有一个钢盔
每人应该戴上自己的钢盔。

附记　1937年春天的一个晚上,我在战争的预感里做了一个梦,这诗是完全依照着那梦记录下来的——连最后的尾巴都是。

绿

好像绿色的墨水瓶倒翻了
到处是绿的……

到哪儿去找这么多的绿:
墨绿、浅绿、嫩绿、
翠绿、淡绿、粉绿……
绿得发黑、绿得出奇;

刮的风是绿的,
下的雨是绿的,
流的水是绿的,
阳光也是绿的;

所有的绿集中起来,
挤在一起,
重叠在一起,
静静地交叉在一起。

突然一阵风，

好像舞蹈教练在指挥，

所有的绿就整齐地

  按着节拍飘动在一起……

      1979年2月23日 广东迎宾馆

春

春天了
龙华的桃花开了
在那些夜间开了
在那些血斑点点的夜间
那些夜是没有星光的
那些夜是刮着风的
那些夜听着寡妇的咽泣
而这古老的土地呀
随时都像一只饥渴的野兽
舐吮着年轻人的血液
顽强的人之子的血液
于是经过了悠长的冬日
经过了冰雪的季节
经过了无限困乏的期待
这些血迹，斑斑的血迹
在神话般的夜里
在东方的深黑的夜里
爆开了无数的蓓蕾

点缀得江南处处是春了

人问：春从何处来？

我说：来自郊外的墓窟。

1937 年 4 月

黎　明

当我还不曾起身
两眼闭着
听见了鸟鸣
听见了车声的隆隆
听见了汽笛的嘶叫
我知道
你又叩开白日的门扉了……

黎明,
为了你的到来
我愿站在山坡上,
像欢迎
从田野那边疾奔而来的少女,
向你张开两臂——
因为你,
你有她的纯真的微笑,
和那使我迷恋的草野的清芬。

我怀念那:
同着伙伴提了篾篮
到田堤上的豆棚下
采撷豆荚的美好的时刻啊——
我常进到最密的草丛中去,
让露水浸透了我的草鞋,
泥浆也溅满我的裤管,

这是自然给我的抚慰,
我将狂欢而跳跃……

我也记起
在远方的城市里
在浓雾蒙住建筑物的每个早晨,
我常爱在街上无目的地奔走,
为的是
你带给我以自由的愉悦,
和工作的热情。

但我却不愿
看见你罩上忧愁的面纱——
因我不能到田间去了,
也不能在街上奔跑——
一切都沉默着,

望着阴郁的雨滴徘徊在我的窗前
我会联想到：死亡，战争，
和人间一切的不幸……

黎明啊，
要是你知道我曾对你
有比对自己的恋人
更不敢拂逆和迫切的期待啊——

当我在那些苦难的日子，
悠长的黑夜
把我抛弃在失眠的卧榻上时，
我只会可怜地凝视着东方，
用手按住温热的胸膛里的急迫的心跳
等待着你——
我永远以坚苦的耐心，
希望在铁黑的天与地之间
会裂出一丝白线——
纵使你像故意折磨我似的延迟着，
我永不会绝望，
却只以燃烧着痛苦的嘴
问向东方：
"黎明怎不到来？"

而当我看见了你
披着火焰的外衣,
从天边来到阴暗的窗口时啊——
我像久已为饥渴哭泣得疲乏了的婴孩,
看见母亲为他解开裹住乳房的衣襟
泪眼进出微笑,
心儿感激着,
我将带着呼唤
带着歌唱
投奔到你温煦的怀里。

1937 年 5 月 23 日晨

秋

雾的季节来了——
无厌止的雨又徘徊在
收割后的田野上……
那里，翻耕过的田亩的泥黑
与遗落的谷粒所长出的新苗的绿色
缀成了广大，阴暗，多变化的平面；
而深秋的访问者——无厌止的雨
就徘徊在它的上面……
人们都开始蛰伏到
那些浓黑的屋檐里去了；
只有两匹鬃毛已淋湿的褐色的马，
慢慢地走向地平线
搜索着田野的最后的绿色……

1939年秋　湘南

农 夫

你们是从土地里钻出来的么?——
脸是土地的颜色
身上发出土地的气息
手像木桩一样粗拙
两脚踏在土地里
像树根一样难于移动啊

你们阴郁如土地
不说话也像土地
你们的愚蠢,固执与不驯服
更像土地呵

你们活着开垦土地,耕犁土地,
死了带着痛苦埋在土地里
也只有你们
才能真正地爱着土地

1940 年 4 月

月　光

把轻轻的雾撒下来
把安谧的雾撒下来
在褐色的地上敷上白光
月明的夜是无比的温柔与宽阔的啊

给我的灵魂以沐浴
我在寒冷的空气里走着
穿过那些石子铺的小巷
闻着田边腐草堆的气息

那些黑影是些小屋
困倦的人们都已安眠了
没有灯光　静静地
连鼾声也听不见

我走过它们面前
温柔地浮起了一种想望
我想向一切的门走去

我想伸手扣开一切的门

我想俯嘴向那些沉睡者
说一句轻微的话不惊醒他们
像月光的雾一样流进他们的耳朵
说我此刻最了解而且欢喜他们每一个人

1940 年 4 月 15 日夜

水　鸟

两只水鸟浮动在水边
乌篷船里发出了枪声
一只在惊怖中逃逸了
另一只挣扎在受伤的痛苦里
它的翅翼无力地拍着水面
又迷乱地飞了几圈
才慢慢地向上举起
终于朝江岸的岩石
与丛林间飞去……

此刻
它在岩石的隙缝间
用自己的嘴抚自己的创伤
在寂寞的哀鸣里
期待着伴侣的来临

1940年　夫夷江上

青色的池沼

青色的池沼，
长满了马鬃草；
透明的水底，
映着流动的白云……

平静而清澈……
像因时序而默想的
蓝衣少女，
坐在早晨的原野上。

当心呵——
脚蹄撩动着薄雾
一匹栗红色的马
在向你跳跃来了……

1940 年 3 月

树

一棵树,一棵树
彼此孤离地兀立着
风与空气
告诉着它们的距离

但是在泥土的覆盖下
它们的根伸长着
在看不见的深处
它们把根须纠缠在一起

1940 年春

船夫与船

你们的帆像阴天一样灰暗,
你们的篙篷像土地一样枯黄,
你们的船身像你们的脸
褐色而刻满了皱纹,
你们的眼睛和你们的船舱
老是阴郁地凝视着空茫,
你们的桨单调地
诉说着时日的嫌厌
你们的舵柄像你们的手一样弯曲
而且徒劳地转动着,
你们的船像你们的生命——
永远在广阔与渺茫中旅行,
在困苦与不安中旅行……

1940年2月

礁　石

一个浪，一个浪，
无休止地扑过来，
每一个浪都在它脚下
被打成碎沫、散开……

它的脸上和身上
像刀砍过的一样
但它依然站在那里
含着微笑，看着海洋……

1954 年 7 月 25 日

第四辑 我的思念是圆的

沉　思

　　为什么……
　　为什么……

　　我的头靠着车窗
　　看着窗外闪过的景色
　　随着列车前进
　　脑子里老想着为什么

　　土地是肥沃的
　　人是勤劳的
　　天在下小雨
　　人还在地里

　　山和山连绵不断
　　满山坡盖着树木
　　河水在山谷里奔流
　　人们安静地等在渡口

放筏的顺流而下
迎着风浪也毫不慌张

看不见沙漠
看不见荒地
绿色的山河
绿色的海洋

土壤是红色的——
掺和着祖先的血？
祖国啊，没有一片土地
不曾经过浴血的战斗

正因为有过痛苦
到处的景色显得格外美——
成片的松树林、
黄的油菜花、绿的茶

一切都静静的
天在下着细雨
从珠江到长江
整个江南在下着细雨
看来今年要丰收
日子可能过得好一些

看来人和大地有了默契
自然和人谁也不辜负谁

土地爱人
人也爱土地

但,我为什么这样不安
人民啊,请告诉我
你还需要什么?
大地啊,请告诉我
你还需要什么?

为什么……
为什么……
我的心还是这般忧郁?

1979 年 3 月 17 日　沪穗线上

卖艺者

我看着同伴的背,
他背上的
向我笑着的猴子,
大跨着我们的脚步,
穿过森林,渡过江河
向无边际的大地走去……

早晨,我们在
江北的市镇上,
黄昏,我们在
江南的都会里,
一年又一年
叫,喊,笑,哭,
伴着锣鼓的声音跨过……

人将说
我们是天外的移民,
神圣的像盗匪;

我们大吹大擂的到来
又大吹大擂的去……
我们自哪儿来的？
我们往哪儿去呢？

旱荒，饥馑，战争，
把我们逐出
生我们的村庄——
像青草被连根地拔起，
谁能不怀念
那土地的气息？

让烈日与风雨
来侵蚀我们的血肉；
让饥饿与漂泊
来磨折我们的筋骨；
我们应该
向陌生人笑，哭，叫，喊！
我们流浪！
我们死亡！

前年父亲死去
在古蜀的山麓；
今年大哥新亡

在淮水的边上,
我们无声地挖着坟坑
我们无声地埋葬!

"哈!哈!哈!"
冬冬冬!铛铛铛!
我们举起了闪光的刀
我们摇晃着绯红的布,
我们走过空中的绳索,
我们吞下坚硬的长剑,
这是我们的生活!
你们笑吧,笑吧,
"哈!哈!哈!"
哪儿是我们的故乡?
哪儿是我们的家?

我看着同伴的背,
他背上的
向我笑着的猴子,
大跨着我们的脚步,
穿过森林,渡过江河
向无边际的大地走去……

补衣妇

补衣妇坐在路旁
行人走过路
路扬起沙土
补衣妇头巾上是沙土
衣服上是沙土

她的孩子哭了
眼泪又被太阳晒干了
她不知道
只是无声地想着她的家
她的被炮火毁掉的家
无声地给人缝补
让孩子的眼
可怜的眼
瞪着空了的篮子

补衣妇坐在路旁
路一直伸向无限

她给行路人补好袜子
行路人走上了路

1938 年 2 月

他起来了

他起来了——
从几十年的屈辱里
从敌人为他掘好的深坑旁边

他的额上淋着血
他的胸上也淋着血
但他却笑着
——他从来不曾如此地笑过

他笑着
两眼前望且闪光
像在寻找
那给他倒地一击的敌人

他起来了
他起来
将比一切兽类更勇猛
又比一切人类更聪明

因为他必须如此

因为他

    必须从敌人的死亡

夺回来自己的生存

1937年10月12日　杭州

乞丐

在北方
乞丐徘徊在黄河的两岸
徘徊在铁道的两旁

在北方
乞丐用最使人厌烦的声音
呐喊着痛苦
说他们来自灾区
来自战地

饥饿是可怕的
它使年老的失去仁慈
年幼的学会憎恨

在北方
乞丐用固执的眼
凝视着你
看你在吃任何食物

和你用指甲剔牙齿的样子

在北方
乞丐伸着永不缩回的手
乌黑的手
要求施舍一个铜子
向任何人
甚至那掏不出一个铜子的兵士

1938年春　陇海道上

吹号者

　　好像曾经听到人家说过,吹号者的命运是悲苦的,当他用自己的呼吸摩擦了号角的铜皮使号角发出声响的时候,常常有细到看不见的血丝,随着号声飞出来……

　　吹号者的脸常常是苍黄的……

一

在那些蜷卧在铺散着稻草的地面上的困倦的人群里,
在那些穿着灰布衣服的污秽的人群里,
他最先醒来——
他醒来显得如此突兀
每天都好像被惊醒似的,
是的,他是被惊醒的,
惊醒他的
是黎明所乘的车辆的轮子
滚在天边的声音。

他睁开了眼睛,

在通宵不熄的微弱的灯光里
他看见了那挂在身边的号角,
他困惑地凝视着它
好像那些刚从睡眠中醒来
第一眼就看见自己心爱的恋人的人
一样欢喜——
在生活注定给他的日子当中
他不能不爱他的号角;

号角是美的——
它的通身
发着健康的光彩,
它的颈上
结着绯红的流苏。

吹号者从铺散着稻草的地面上起来了,
他不埋怨自己是睡在如此潮湿的泥地上,
他轻捷地绑好了裹腿,
他用冰冷的水洗过了脸,
他看着那些发出困乏的鼾声的同伴,
于是他伸手携去了他的号角;
门外依然是一片黝黑,
黎明没有到来,
那惊醒他的

是他对黎明的
过于殷切的想望。

他走上了山坡,
在那山坡上伫立了很久,
终于他看见这每天都显现的奇迹:
黑夜收敛起她那神秘的帷幔,
群星倦了,一颗颗地散去……
黎明——这时间的新嫁娘啊
乘上有金色轮子的车辆
从天的那边到来……
我们的世界为了迎接她,
已在东方张挂了万丈的曙光……
看,
天地间在举行着最隆重的典礼……

二

现在他开始了,
站在蓝得透明的天穹的下面,
他开始以原野给他的清新的呼吸
吹送到号角里去,
——也夹带着纤细的血丝么?
使号角由于感激

以清新的声响还给原野,
——他以对于丰美的黎明的倾慕
吹起了起身号,
那声响流荡得多么辽远啊……

世界上的一切,
充溢着欢愉
承受了这号角的召唤……

林子醒了
传出一阵阵鸟雀的喧吵,
河流醒了
召引着马群去饮水,
村野醒了
农妇匆忙地从堤岸上走过,
旷场醒了
穿着灰布衣服的人群
从披着晨曦的破屋中出来,
拥挤着又排列着……

于是,他离开了山坡,
又把自己消失到那
无数的灰色的行列中去。
他吹过了吃饭号,

又吹过了集合号,
而当太阳以轰响的光彩
辉煌了整个天穹的时候,
他以催促的热情
吹出了出发号。

三

那道路
是一直伸向永远没有止点的天边去的,
那道路
是以成万人的脚踩踏着
成千的车轮滚辗着的泥泞铺成的,
那道路
连结着一个村庄又连结一个村庄,
那道路
爬过了一个土坡又爬过一个土坡,
而现在
太阳给那道路镀上了黄金了,
而我们的吹号者
在阳光照着的长长的队伍的最前面,
以行进号
给前进着的步伐
做了优美的拍节……

四

灰色的人群
散布在广阔的原野上,
今日的原野呵,
已用展向无限去的暗绿的苗草
给我们布置成庄严的祭坛了:
听,震耳的巨响
响在天边,
我们呼吸着泥土与草混合着的香味,
却也呼吸着来自远方的烟火的气息,
我们蛰伏在战壕里,
沉默而严肃地期待着一个命令,
像临盆的产妇
痛楚地期待着一个婴儿的诞生,
我们的心胸
从来未曾有像今天这样的充溢着爱情,
在时代安排给我们的
——也是自己预定给自己的
生命之终极的日子里,
我们没有一个不是以圣洁的意志
准备着获取在战斗中死去的光荣啊!

五

于是，惨酷的战斗开始了——
无数千万的战士
在闪光的惊觉中跃出了战壕，
广大的，急剧的奔跑
威胁着敌人向前移动……
在震撼天地的冲杀声里，
在决不回头的一致的步伐里，
在狂流般奔涌着的人群里，
在紧密的连续的爆炸声里，
我们的吹号者
以生命所给与他的鼓舞，
一面奔跑，一面吹出了那
短促的，急迫的，激昂的，
在死亡之前决不中止的冲锋号，
那声音高过了一切，
又比一切都美丽，
正当他由于一种不能闪避的启示
任情地吐出胜利的祝祷的时候，
他被一颗旋转过他的心胸的子弹打中了！
他寂然地倒下去
没有一个人曾看见他倒下去，
他倒在那直到最后一刻

都深深地爱着的土地上，
然而，他的手
却依然紧紧地握着那号角；

在那号角滑溜的铜皮上，
映出了死者的血
和他的惨白的面容；
也映出了永远奔跑不完的
　带着射击前进的人群，
　和嘶鸣的马匹，
　和隆隆的车辆……
而太阳，太阳
使那号角射出闪闪的光芒……

听啊，
那号角好像依然在响……

1939 年 3 月末

播种者
——为鲁迅先生逝世四周年纪念而作

流泪撒种的,必欢呼收割。

——《旧约·诗篇》

在贫瘠的土地上,
在荒漠的原野里,
曾经以辛勤的臂和温热的汗
垦殖而又灌溉,
把种子夹着希望播散的
你——无比勤劳的园丁
远逝我们而长卧于泥土下
已经历了四个秋天了。

几十年如一日,
你以一个农民的朴直
爱护这片土地,
顽强的手也曾劈击过

万年的岩石和千年的荆棘;
又以凝聚着血滴的手指
带着悲哀的颤栗,
扶理过你亲手所培植的
被暴风雨的打击所摧折的
稚嫩的新苗;
使我们永远不能忘记的
那比慈母的心更温煦的,
是你的为夭折了的花朵而红润了眼眶的泪水。
坚信黑色的泥土必能耕耘,
坚信凡能生根的必会成长,
你没有哪一天
不以坚定的脚疾走在大地上,
你没有哪一天
不以有力的手
向广阔的田野挥舞……
（在你，工作的本身
就是最高的愉悦）
你永远耕耘,
永远播种,
——纵然你知道:
收获的不是你自己。

如今,

在你的脚迹所踏过的
广漠的土地上,
经历了数度的风霜雨雪,
你手栽的花木
已繁茂得翠绿成荫了;
而这为你所深爱的土地,
也以对于你耕耘的感激
滋长出遍野鲜美的绿苗,
而那无数的歌唱着的白鸟,
跳跃在为露水所润湿
为阳光所照耀的枝丫间,
它们一面在以不能言说的哀痛
悼惜你播种者的长逝?
一面却以流溢着欢快的歌队
预祝着即将来临的
果实累累的
收获的季节……

1940 年 10 月

刈草的孩子

夕阳把草原燃成通红了。
刈草的孩子无声地刈草，
低着头，弯曲着身子，忙乱着手，
从这一边慢慢地移到那一边……

草已遮没他小小的身子了——
在草丛里我们只看见：
一只盛草的竹篓，几堆草，
和在夕阳里闪着金光的镰刀……

1940 年

群　众

电波在电线上鸣响,在静空中鸣响
像用两手按住十个二十个钢琴的音键
我的心里也常有使我自己震耳欲聋的声音
一直从里面冲出,鸣响在空中

一滴水常使我用惊叹的眼凝视半天
我的前面突然会涌现浩渺的大江
只要我的嘴一张开我就喘急
好像万人的呼吸都从这小孔出来

当我用手按着自己跳动的脉搏
我的心就被汹涌的血潮所冲荡
他们的痛苦与欲求和我如此纠缠不清——
他们的血什么时候流进了我的血管?

那边是什么——那么多,多么多……
无数的脚,无数的手,无数攒动的头颅……
在窗口,在街上,在码头上,在车站……

他们在做什么？想什么？愿望着什么……

这是可怕的奇迹：当我此刻想起了
我已不复是自己，而是一个数字
这数字慢慢地蜕变着，庞大着
——直到使我愕然而痉挛
我静着时我的心被无数的脚踏过
我走动时我的心像一个哄乱的十字街口
我坐在这里，街上是无数的人群
突然我看见自己像尘埃一样滚在他们里面……

我的思念是圆的

我的思念是圆的
八月中秋的月亮
也是最亮最圆的
无论山多高、海多宽
天涯海角都能看见它
在这样的夜晚
会想起什么?

我的思念是圆的
西瓜、苹果都是圆的
团聚的人家是欢乐的
骨肉被分割是痛苦的
思念亲人的人
望着空中的明月
谁能把月饼咽下?

1983 年 9 月 21 日

少年行

像一只飘散着香气的独木船
离开一个小小的荒岛；
一个热情而犹豫的少年，
离开了他的小小的村庄。

我不喜欢那个村庄——
它像一株榕树似的平凡，
也像一头水牛似的愚笨，
我在那里度过了我的童年；

而且那些比我愚蠢的人们嘲笑我，
我一句话不说心里藏着一个愿望，
我要到外面去比他们见识得多些，
我要走得很远——梦里也没有见过的地方：

那边要比这里好得多好得多，
人们过着神仙似的生活；
听不见要把心都舂碎的春臼的声音，

看不见讨厌的和尚和巫女的脸。

父亲把大洋五块五块地数好，
用红纸包了交给我而且教训我！
而我却完全想着另外的一些事，
想着那闪着强烈光芒的海港……
你多嘴的麻雀聒噪着什么——
难道你们不知我要走了么？
还有我家老实的雇农
你们脸上为什么老是忧愁？

早晨的阳光照在石板铺的路上，
我的心在怜悯我的村庄
它像一个衰败的老人，
站在双尖山的下面……

再见啊，我的贫穷的村庄，
我的老母狗，也快回去吧！
双尖山保佑你们平安无恙，
等我也老了，我再回来和你们一起。

悼罗曼·罗兰

在阿尔卑斯山的下面,
瑞士的一个小湖的边沿,
杂木林掺杂的"新城"里
住着一个法兰西逃难的老人;

山是欧罗巴最高的山,
湖是欧罗巴最美的湖,
老人是欧罗巴最好的老人——
正直严肃,勇敢而又聪明;

他像一个古代的先知,
日夜为人类探索前途,
深陷着的两眼闪着热情,
深沉地注视众生的痛苦;

一个生命跨过两个世纪,
有如列车穿过圣哥隧道,
曲折迂回从不停止前进,

彻照一盏理性的明灯。

阿尔卑斯山是众水的母亲，
她哺育多瑙、莱茵、塞纳和维斯杜拉，
而你——人类智慧的勃朗峰啊
你用思想灌溉整个欧罗巴。

把文学和艺术交还给民众；
科学也要做行动的从仆；
一切都为了人民的幸福，
就是牺牲生命又算得什么？

当欧罗巴卷进空前的厮杀，
你说"我们应当跟着正义行动"；
"宁愿被杀，不愿当傻子"；
你"超出混战"——不怕一切诟骂。

十月革命胜利，你满怀惊喜，
看见劳动者翻身，掌握了政权；
一个夏天，你做了克里姆林宫的贵宾，
访问斯大林、高尔基和千百万工人；

从此你确信正义不灭，理性长存，
从两个世界之间，你选择了道路——

一面把爱情交给苏维埃联盟；
一面谴责一切侵略战争。

"日尔曼人"又一次进行冒险，
想用屠杀和纵火征服世界，
在卍字的毒焰所蔓延的地方，
田园变成坟墓，生命变成枯骨；

法西斯匪徒闯进你的国土，
亲爱的巴黎被残暴的手扼住；
康边森林里贝当的一个签字，
把公社的子孙出卖变成俘虏；

从一九四〇到一九四四，四年了！
岁月在紫色的血泊中凝冻，
但"自由的法兰西"不曾死亡，
她活在地下，呼吸在反抗者的心中；

你爱祖国，莫过于当她受难时，
你守护她，一如儿子守护母亲，
在她蒙受凌辱时，你蒙受凌辱，
而当她被解放时，你得到解放。

如今你终止了生命的旅程，

你的祖国已恢复她应有的尊敬；

你的敌人受到了最严酷的惩罚——

看啊，柏林已颤栗在红军的炮火之下……

1945年1月27日

失去的岁月

不像丢失的包袱
可以到失物招领处找得回来,
失去的岁月
甚至不知丢失在什么地方——
有的是零零星星地消失的,
有的丢失了十年二十年,
有的丢失在喧闹的城市,
有的丢失在遥远的荒原,
有的是人潮汹涌的车站,
有的是冷冷清清的小油灯下面;
丢失了的不像是纸片,可以捡起来
倒更像一碗水泼到地面
被晒干了,看不到一点影子;
时间是流动的液体——
用筛子,用网,都打捞不起;
时间不可能变成固体,
要成了化石就好了,
即使几万年也能在岩层里找见。

时间也像是气体,

像急驰的列车头上冒出的烟!

失去了的岁月好像一个朋友,

断掉了联系,经受了一些苦难,

忽然得到了消息:说他

早已离开了人间

1979年8月22日　哈尔滨

附录

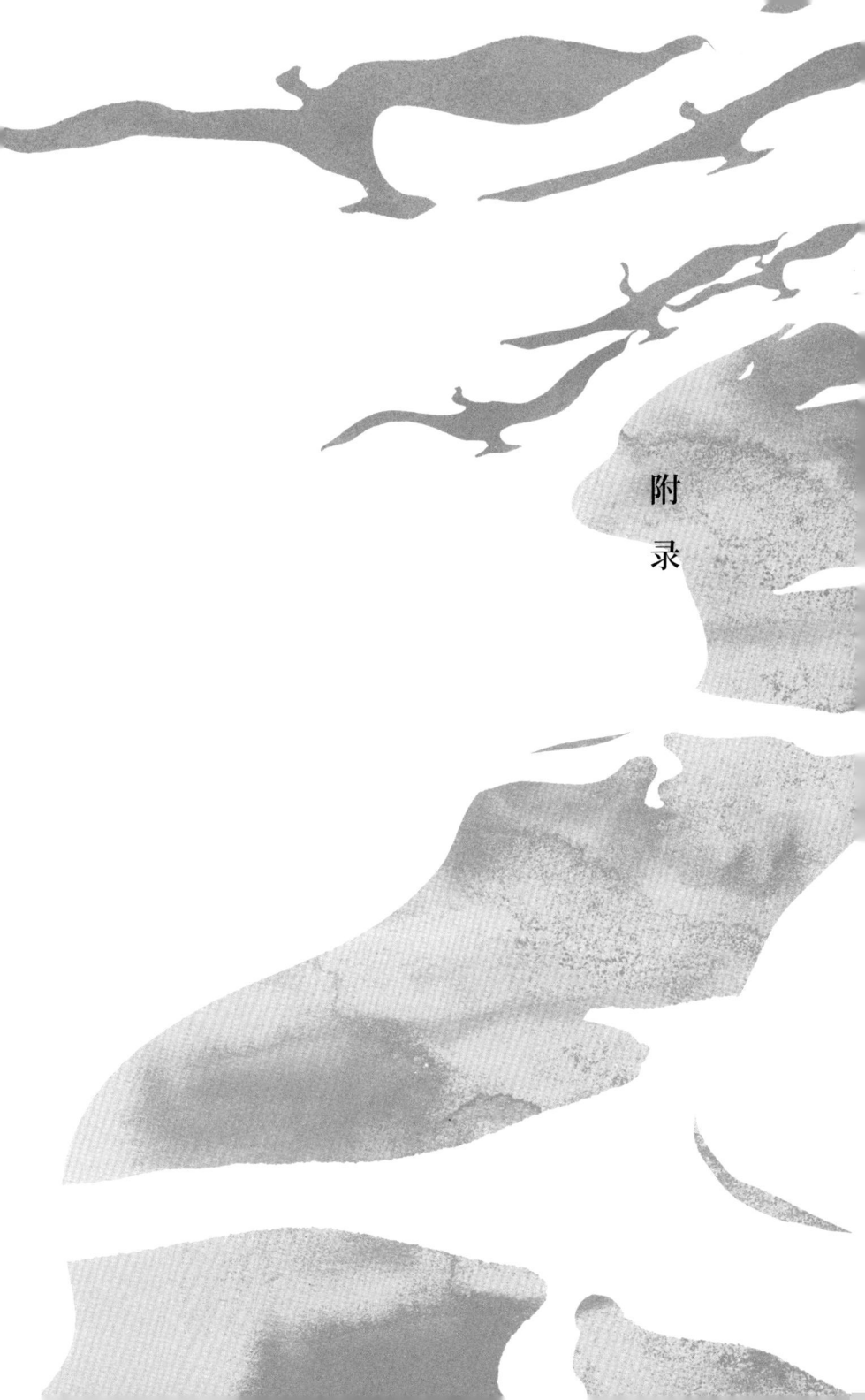

艾青译诗：原野与城市（七首）
[比利时] 凡尔哈仑

原　野

在天穹的悲哀与忧虑的下面
捆束的人们
往原野的四周走去；
在那云拉着的
沉压的天穹的下面
无穷尽的，捆束的人们
在那边走着。

茅屋上矗立的，是些钟楼，
而成堆的，败颓的人们
从村庄到村庄地走着。
彷徨着的人们，
像道路般悠远了；
从很久，他们就经历着时间

从原野到原野地走着；
牵引着或是跟随着他们的
那些伸长着的轨道上的货车
朝向小小的村庄和小小的道路，
那些不间断的货车，
轧碾出悲痛的嘶声，
白日，黑夜，
由它们的轮轴朝向无限。

这是原野，广大的
在残喘着的原野。

围着荆棘的可怜的园圃
分割着它们隐着痛苦的土地；
可怜的园圃呀，可怜的农庄呀，
那些怠懈的门扉
和那些像货箱似的茅屋
被风啊劈击似的穿钻着。
周围，没有茵菲，没有红了的野花，
没有麻苎，没有小麦，没有初枝，没有新芽；
很久了，树棵被雷霆击断，
像一个巨大的灾祸般
出现在那塌坏了的门前。
这是原野，无终止的

永远一样的,枯萎的原野。
从上面,常常地,
风这般强烈地嘶着
而人将说:苍天啊
为阴阳的拳击所劈开了。
十一月吼着,像狼似的
悲惨的,由于疯狂的夜。
那些枯枝败叶
打着人面地飘过
落在泥沼上,小径里;
而悲哀的基督之巨大的两臂
在十字路口,从阴暗处,
像在扩大着,突然地去了,
带着恐怖的叫喊
朝向失去了的太阳。

这是原野,这是仅有的
徘徊着恐怖与哀怨的原野。

那些河流是停滞或枯干了,
浪潮不再一直伸到牧场里来了,
而无数的泥炭的堤堰,
徒劳地弯曲着它们的弧线。
有如土地,水流也已死去;

在群岛之间，护送着
朝向海，海湾依然对看着，
大斧与贪婪的铁锥
劈着那些古老的船只之
腐朽的枯骨。

这是原野，广大的，
在残喘着的原野。

那儿，在贫穷与悲哀的田地的
车辙里，到处都一样地，
漩流着失望与痛苦；
这是原野，这是
以广大的飞翔
汹涌着的鸟群叫着灭亡
而穿过那北国天穹的原野；
这是原野，这是
像嫌厌一般悠久而无光泽的原野，
这是原野，这是
阳光像饥馑似的褪色的地域，
在那里，孤寂的江河之上
用激浪流转着大地之所有的痛苦。

1895 年

城　市

一切的路都朝向城市去。

从浓雾的深处,
那边,带着它所有的层次
和它所有的大的梯级
和一直到天上的
层次与梯级的运转,朝向最高的层次,
它梦似的出现着。

那边,
是些跳跃的,凭空跨过的
铁骨编成的桥梁;
是些为神怪的雕像所制御着的
墙垒和圆柱;
是些郊外的钟楼,
是些屋顶与屋脊的尖角——
像止住了的飞翔,在房屋之上;
这是感触的城市,
站着在
土地与原野的边际。

赤红的光

煽动在

电杆和支柱之上,

就在午时,依然

像金色的可怕的鸡蛋般燃灼着,

辉耀的太阳瞧不见了:

那发光的嘴,已被

煤灰和黑烟蒙住。

一道沥青与石油的河流

冲击着木的浮桥和石的长堤;

放肆的汽笛,从驶过的船只上

在浓雾里叫出了恐怖:

一盏绿色的警灯

是它们的

朝向海洋与空阔的瞻望。

那些码头在沉重的榻车的冲击里鸣响着,

那些重载的车辆门钮似的轧轹着

那些铁的秤机坠下了黑暗的立体

又把它们滑进了燃火的地窖;

那些桥梁从中间打开着,

在那些竖立着灰暗的十字架的繁杂的支柱

和那些记录着万物的铜字之间,

无边际地,跨越着

成千的屋顶，成千的檐角，成千的墙垣，
相对着，像在争斗似的。
在它的上面，马车过去，车轮闪着，
列车在驰，急疾地飞过，
一直到车站，停着成千
不动的机头，像一个金色辉煌的殿堂。
那些错杂的铁轨
从隧道和喷烟的洞穴爬到地底去——
为了再出现在喧嚣与尘埃里的
明亮而闪光的铁路网上。

这是感触的城市。

街道——和它那些像被电线
结住在纪念碑四周的激浪——
长长地交织地消逝着，出现着；
而它的那不可计数的群众
——狂乱的手，激动的步伐呀——
眼里储满着憎恶，
用牙齿在攫取那越过他们的时刻。
在黎明，在黄昏，夜间，
在扰乱与争吵里，或是在烦忧里，
他们朝向命运，掷出
那时间所带来的他们的劳作之辛酸的种子。

而那些阴暗的忧郁的柜台
那些虚伪的不正的账房
那些打开着门的银行
就在他们的狂乱之风的吹打里。

外面,如烧着的敝衣,
一种混浊而赤红的光
闪闪反射地滞留着。
生活啊,已同着酒精的波涛发酵了。
那些小酒店在人行道旁打开着
他们的那些镜龛
映照着酩酊与争斗;
一个盲女靠着墙
卖着五个生丁一盒的火柴;
饕餮与饥饿在它们的巢穴里交合着,
而肉欲的苦闷之黑色的突击
在那些小弄里激越地跳踏着。
而色欲依然不绝地高涨着
而狂热呀变成骚动了:
人在磷光与金色的欢乐之搜寻里
不相容地轧碎了;
女人们——苍白的宠妇呀
前进着,同着她们的头发之性的标记。
暗赭的煤色的大气呀

常常远离阳光伸向海,又撩起
于是像是从整个的哄乱
朝向光明掷去的巨大的叫喊;
广场呀,旅馆呀,商铺呀,市场呀,
这般强烈地叫嚣着激动着暴力
——而垂死者们
却徒劳地在寻找着
应该瞑目的静寂的时刻。

这般的白日——同样,当着夜
用它的深黑的锤,刻画着苍穹,
城市在远处展开着而且制伏了原野
有如一个深邃而又广阔的希冀;
它滋长着:祈愿、荣华、烦愁;
它的光辉一直向天上升引出余力,
它的金色丛簇的煤气灯光闪射着,
它的铁轨是些
幸运与权力相伴着
朝向伪诈的幸福的大胆的道路;
它的那些墙壁像军队似的接连着
而那里还有迷雾浓烟
带着嘹亮的叫喊到达这些村野里来了。

这是感触的城市啊,

热烈的虔诚
和庄严的骸骨与骷髅啊。

而无数的道路从这里到无限地
朝向它去。

1895 年

穷人们

是如此可怜的心——
同着眼泪的湖的,
它们灰白如
基地的石片啊。

是如此可怜的背——
比海滩间的那些
棕色陋室的屋顶
更重的痛苦与荷负啊。

是如此可怜的手——
如路上的落叶
如门前的
枯黄的落叶啊。

是如此可怜的眼——
善良而又温顺
且比暴风雨下
家畜的眼更悲哀啊。

是如此可怜的人们——
以宽大而懊丧的姿态
在大地的原野的边上
激动着悲苦啊。

来　客

——打开吧,人们呀,打开吧,
我敲着前扉与后棚,
打开吧,人们呀,我是风
穿着死叶的风。

——进来吧,先生,进来吧,风呀,
看,那给你的炉灶,
和它的粉刷过的凸壁:
进到我们家里来吧,风先生呀。

——打开吧,人们呀,我是雨滴,

我是着了灰色袍子的寡妇,
我的命运是无定的,
在煤灰色的浓雾里。

——进来吧,寡妇呀,进到我们家里来吧,
进来吧,冰冷的雨滴和铅青色的雨滴,
宽大的墙壁的缝隙,
张开着为了你住到我们的家里。

——举起吧,人们呀,举起那铁杆吧,
打开吧,人们呀,我是雪;
我的白色的外套嫌厌着,
在古老的冬的路上。

——进来吧,雪呀,进来吧,太太,
带着你百合花的花瓣,
把它们散在陋室里,
一直到那生着火焰的灶子里去。

因为我们是一些不安定的人们,
我们是居留在北国荒芜的地域里的人们,
我们爱着你们啊——说吧,从什么时候
　　起的?——
为了我们有着由你们所激起的痛苦。

惊醒的时间

这是三月!
一片病后的迟缓的阳光
从上面斜到窗口
和透彻的地上。

这是三月!
衰老的冬已向北方去了,
好像一只振起了羽毛的鸟;
新鲜的黎明摇落了浓雾。

这是三月!
南方的酷冷已减弱
天在林间的空地上
摊开了它光的台巾。

这是三月!
曙光倚向沉思的湖泊
长长的镜面上,它的臂滑过
而且伸进到那平腻的水底。

这是三月!
而那春天,它驯服着

同着鸟的初唱。
而在青石色的池沼里
管辖区的谦卑的人们
为了修理茅舍和编织篱围
在截着长而又白的芦苇。

寒　冷

在暴乱的酷冷的黄昏里
衰惫者死去的黄昏里
那些灯光与那些黯云
徘徊着苍白的与黑暗的冬日。

原野如此静寂而又悠古地睡去
人将以为它们已被命运所打击了；
——谁将惹起那春的咒语呢？
单单的，朝向落日，那边
悲哀而不调和，同着无力的钟声
一些晚祷微响在白雪上。

那些茅屋和那些牛棚
如此可悲地出现着
带着忧伤张开它们的卑微；
在园子里，篱笆的沿上，

摇动的竿子的上面可看见
在风里晒着而又冻结着
那些穷人的灰色的衣衫。

那些村庄好像缩小了
紧闭着它们的园圃与陋室
而又聚集了它们的恐怖;
它们排列在无生气的小道边上
那儿,每个炉,从门下
在斜面滑过它的菜刀的微光。

雪已渗进茅草
和那在平野上的草堆了;
雪已抛出它的成千的
细小的片屑,它飘散着
跨过田野,在每个角落里,
从排列着它们的缜密的
静寂的大树朝向
遥远的遥远的无限。
大地是白色与可怕的亮呀。
在路口,十字架
向着无限的痛苦竖起他们的基督,
但那从绞绳所流滴出的纯洁的血
已不能温暖那暴虐的冻结

那些不平的凝块像在担载着他的心。

在那暴乱的酷冷的黄昏，
没有比环绕在凝结了的时间
更古老的年代
徘徊着那苍茫的与黑暗的冬日。

风

摇摆的金雀花的黑色的爪
撕裂了风的广阔的织物。

风么？——它比毛羽更温柔
而绿的金雀花投射出憎恶
在无情的荆棘里，从原野到原野的
风么？——它是自负的忻喜，
它驰着，穿着光辉的鞋子，
两足潮湿，在河流的上面。
金雀花么？——它是土地的癫狂。

黄色的风呀，是春天了，
以明亮的吻吻到土地的唇上；
热烈的风，真挚的风呀，
是春天了。

金雀花么?——它是敌忾的
寒冷与冰的放肆。

风唱着,风闲谈着,
和金丝黄雀,红雀,麻雀
风闪耀着,闪耀着
在长长的芦苇的尖上。

风纠缠着,旋转着,而又解散着
又忽然飘向那发光的果园里,
那边,苹果树像白孔雀,
——太阳和光辉——给它做了轮子。
无言的妒忌的金雀花,
在山谷里,在沙地上,
像忧怨似的郁结着
又蛮野地沉默着。

旋转的风,饱满的风
像一个野孩子在斜坡上,
风给舞着的蝴蝶
和金色的叶瓣以飞翔

风在行旅里迟疑着

而且和白的毛绒
与灿烂的毛绒嬉戏着
广大的云，在它的上面。

风在水的边际玩弄着
堤岸上，家畜
跳跃地倾出，
风向那些居房升起；

风去了，风回来了
唤醒一切，毫无遗忘；
而金雀花它自己摩挲着
每一张叶，每个枝节，
而且终于把无限的怨艾
颓然倒折在地上。

诗　论

出　发

一

真、善、美，是统一在先进人类共同意志里的三种表现，诗必须是它们之间最好的联系。

二

真是我们对于世界的认识；它给予我们对于未来的信赖。

善是社会的功利性；善的批判以人民的利益为准则。

没有离开特定范畴的人性的美；美是依附在先进人类向上的生活的外形。

三

我们的诗神是驾着纯金的三轮马车，在生活的旷野上驰骋的。

那三个轮子，闪射着同等的光芒，以同样庄严的隆隆声震响着的，就是真、善、美。

诗

一

凡是能够促使人类向上发展的,都是美的,都是善的;也都是诗的。

二

哲学抽象地思考着世界;诗则是具体地表现着世界——目的都是为了改造世界。

三

诗是由诗人对外界所引起的感觉,注入了思想感情,而凝结为形象,终于被表现出来的一种"完成"的艺术。

四

诗是诗人的世界观的最具体的表现;是诗人的创作方法的实践;是诗人的全部的知识的综合。

五

一首诗不仅使人从那里感触了它所包含的,同时还可以由它而想起一些更深更远的东西。

六

一首诗必须把真、善、美,如此和洽地融合在一起,如此自然地调协在一起，它们三者不相抵触而又互相因使自己提高而提高了另外的二种——以至于完全。

七

存在于诗里的美，是通过诗人的情感所表达出来的、人类向上品种的一种风灼。这种风灼犹如飞溅在黑暗里的一些火花；也犹如用凿与斧打击在岩石上所迸射的火花。

八

诗是人类向未来所寄发的信息；诗给人类以朝向理想的勇气。

九

人类的语言不绝灭，诗不绝灭。

诗的精神

一

今天的诗应该是民主精神的大胆的迈进。

二

诗的前途和民主政治的前途结合在一起。

诗的繁荣基础在民主政治的巩固上，民主政治的溃败就是诗的无望与衰退。

三

如正义的指挥刀之能组织人民的步伐,诗人的笔必须为人民精神的坚固与一致而努力。

四

诗人的行动的意义,在于把人群的愿望与意欲以及要求,化为语言。

五

诗的宣传功能,在于使人的心理引起分化,与重新凝结;使人对于旧世界的厌恶成了习惯,和对于新世界的企望成了勇气。

六

最高的理论和宣言,常常是诗篇。

那些伟大的政治家的言论,常常为人民的权利,自然地迸发出正义的诗的语言。

七

诗人当然也渴求着一种宪法:即国家能在保障人民的面包与幸福之外,能保障艺术不受摧残。

八

宪法对于诗人比其他的人意义更为重要,因为只有保障了发言的权利,才能传达出人群的意欲与愿望;一切的进步才会可能。

压制人民的言论，是一些暴力中最残酷的暴力。

九

诗人主要的是要为了他的政治思想和生活感情，寻求形象。

十

政治诗是诗人对一个事件的宣言；是诗人企图煽起更多的人去理解那事件的一种号召；是一种对于欺蒙者的揭露，是一种对于被欺蒙者的警惕。

十一

诗是自由的使者，永远忠实地给人类以慰勉，在人类的心里，播撒对于自由的渴望与坚信的种子。

诗的声音，就是自由的声音；诗的笑，就是自由的笑。

十二

教会，贵族，布尔乔亚……已轮流地踩躏了艺术、诗。

把诗交还给人民吧！——让它成为人民精神的武装。

十三

智慧的含苞，常常为斗争而准备开放。

美　学

一

一首诗是一个人格，必须使它崇高与完整。

二

一首诗的胜利，不仅是它所表现的思想的胜利，同时也是它的美学的胜利——而后者，竟常被理论家们所忽略。

三

诗的进步，是人类对自己和生活环境所下的评价的进步。

四

对于新事物的肯定，就是对旧事物的否定。

五

诗比其他文学样式都更需要明朗性、简洁性、形象性。

六

在一定的规律里自由或者奔放。

七

艺术的规律是在变化里取得统一，是在参错里取得和谐，是在运动里取得均衡，是在繁杂里取得单纯、自由而自己成了约束。

八

连草鞋虫都要求着有自己的形态；每种存在物都具有一种自己独立的而又完整的形态。

九

单纯是诗人对于事象的态度的肯定，观察的正确，与在事象全体能取得统一的表现。它能引导读者对于诗得到饱满的感受和集中的理解。

十

晦涩是由于感觉的半睡眠状态产生的；晦涩常常因为对事物的观察的忸怩与退缩的缘故而产生。

十一

清新是在感觉完全清醒的场合对于世界的一种明晰的反射。

十二

不能把混沌与朦胧指为含蓄；含蓄是一种饱满的蕴藏，是子弹在枪膛里的沉默。

十三

用明确的理性去防止诗陷入纯感情的稚气里。

勇敢、果断、自我牺牲等美德之表现在一个民族或一个集团里的，常常被诗人披上罗曼蒂克的斗篷是可以原谅的——但必须戒备啊！

假如这些美德不是被引导于一个善的观念，将成了怎样的一些恶行啊！

十四

所谓空虚与无聊是指那作品所留在文字上的、除掉文字之外别无他物的东西。

十五

节奏与旋律是情感与理性之间的调节，是一种奔放与约束之间的调协。

十六

格律是文字对于思想与情感的控制，是诗的防止散文的芜杂与松散的一种羁勒；但当格律已成了仅只囚禁思想与情感的刑具时，格律就成了诗的障碍与绞杀。

十七

讽刺与幽默是面对着虚伪的，而这虚伪又必须是代表不正的权力的。前者是积极的，后者是消极的。

十八

讽刺是对于被否定的事物的冷静的箭，是仅只一根的针刺，是保卫主题的必须命中的一击。

十九

讽刺是使在习惯里麻痹了的心理引起高度的刺激。

二十

讽刺产生于诗人对他所生活的世界看出了致命的矛盾,而这矛盾又为反动的统治者竭力企图隐瞒的时候。

讽刺是人类的理性向它的破坏者的一种反击。

二十一

苦难比幸福更美。

苦难的美是由于在这阶级的社会里,人类为摆脱苦难而斗争!

二十二

悲剧是善与恶相斗争时,善的一面失败时才产生的。

悲剧使人生充满了严肃。

悲剧使人的情感圣洁化。

二十三

人类无论如何也不至于临到了一个可以离弃情感而生活的日子;既然如此,"抒情"在诗里存在,将有如"情感"之在人类中存在——是永久的。

有人误解"抒情的"即是"感伤的",所以有了"感伤主义"的同义语"抒情主义"的称呼。这是由于在世纪的苦闷压抑下,旧知识分子普遍地感到心理衰惫的结果。

二十四

抒情是一种饱含水分的植物。

但如今有人爱矿物,厌恶了抒情,甚至会说出:"只有矿物才是物质。"

这话是天真的。

二十五

说科学可以放逐抒情,无异于说科学可以放逐生活。这是非常不科学的见解。

二十六

灵感是诗人对于外界事物的一种无比谐调、无比欢快的遇合;是诗人对于事物的禁闭的门的偶然的开启。

灵感是诗的受孕。

思　想

一

人存在,故人思想。

二

感觉只是认识的钥匙。

三

不要满足于捕捉感觉;

感觉被还原为感觉,剩下来的岂不只是感觉吗?

不要成了摄影师;诗人必须是一个能把对于外界的感受与自己的感情思想融合起来的艺术家。

四

人是最高级的动物,在眼、耳朵和鼻孔之外,还有脑子。

诗人只有丰富的感觉力是不够的,必须还有丰富的思考力,概括力,想象力。

五

对世界,我们不仅在看着,而且在思考着,而且在发言着。

六

诗必须具有一定的思想内容。

没有思想内容的诗,是纸扎的人或马。

七

诗不但教育人民应该怎样感觉,而且更应该教育人民怎样思想。

诗不仅是生活的明哲的朋友,同时也是斗争的忠实的伙伴。

八

思想力的丰富必须表现在对于事物本质的了解的热心,与对于世界以及人类命运的严肃的考虑上。

九

一切艺术的建筑物,必须建筑在坚如磐石的思想基础上。

十

宁可失败于艺术,却不要失败于思想;宁可服役于一个适合于这时代的善的观念,却不要妥协于艺术。

十一

要想的比写的多,不要写的比想的多。

十二

每天洗刷自己的头脑,为新的日子思考。

生　活

一

我生活着,故我歌唱。

二

诗的旋律,就是生活的旋律;诗的音节,就是生活的拍节。

三

愈丰富地体味了人生的,愈能产生真实的诗篇。

四

只有忠实于生活的,才说得上忠实于艺术。

五

必须了解生活的美,必须了解凡我们此刻所蒙受的一切的耻辱与不幸、迫害与困厄,即是我们诗的最真实的源泉。

六

凡心中有痛苦的,有憎恨的,有热爱的,有悲愤与冤屈的……不要沉默!

七

所谓"体验生活"是必须有极大的努力才能成功的,决不是毫无感应地生活在里面就能成功的。

"体验生活"必须把艺术家的心理活动也溶浸在生活里面;而不是在生活里做一次"盲目飞行"。

八

诗，永远是生活的牧歌。

九

不要在脆薄的现象的冰层溜滑；须随时提醒着自己在泥泞的生活的道路上，踏着沉重的脚步，前进而不摔跤。

十

生活是艺术所由生长的最肥沃的土壤，思想与情感必须在它的底层蔓延自己的根须。

十一

生活实践是诗人在经验世界里的扩展，诗人必须在生活实践里汲取创作的源泉，把每个日子都活动在人世间的悲、喜、苦、乐、憎、爱、忧愁与愤懑里，将全部的情感都在生活里发酵、酝酿，才能从心的最深处，流出无比芬芳与浓烈的美酒。

主题与题材

一

为要表演主题有所苦恼，有如孕妇要为怀孕有所苦恼一样。

二

制胜一切的主题，使它们成为驯服：

假如是岩石，用铁锤和凿击开它；

假如是钢，用白热的火熔软它；

假如是泥土，用水调和，使它在你的手指里揉出形体；

假如是棉花，理出它的纤维，纺织它，再在它的上面，印上图案。

三

在对于题材征服上，扩大艺术世界的统治：

凡你眼睛所见的，耳朵所听的都必须组织在你思想的系统里，使它们随时等待你的调遣。

使你的感觉与思维在每一个题材袭击的时候，给以一致的搏斗，直到那题材完全屈服为止。

四

在工作中试练自己：和一切最难于处理的题材搏斗，和各种形式搏斗，和繁杂的文字与语言搏斗。

无论是虎，是蛇，是蜥蜴，是狮……必须使它们驯服在人的鞭子下。

五

"摄影主义"是一个好名词。这大概是由想象的贫弱，对于题材的取舍的没有能力所造成的现象。

浮面的描写，失去作者的主观；事象的推移，不伴随着作者心理的推移，这样的诗也就被算在新写实主义的作品里，该是令人费解的吧。

六

我们永远不能停止对于自然的歌唱，因为我们永远不会停止从自然取得财富的缘故——这有如我们永远爱着哺育我们的母亲一样。

七

写恋爱也可以，但我们决不应该损毁女人的地位。

八

我们怎能不爱万物所由生长的自然母亲呢？

她教给我们许多的真理；

她交给我们美丽的生命，懂得爱、忧愁，以及为荣誉而欢欣，为羞辱而苦恼……

九

不要以原始人的态度赞美战争和厌恶战争；要以理性去判别战争，以理性去拥护战争和反对战争。

十

从现实生活中多多汲取题材；

从当前群众的斗争生活中汲取题材。

十一

问题不在于你写什么,而是在你怎样写,在你怎样看世界,在你从怎样的角度上看世界,在你以怎样的姿态去拥抱世界……

十二

对主题没有爱情,不会产生健康的完美的作品。

形　式

一

一定的形式包含着一定的内容。

二

由于不同的颜色与光泽,大小与形体,我们分辨着:米、麦、柿子、栗子、柚子、苹果。

由于不同的声音的高低、快慢、扬抑,我们分别着:百灵鸟的歌,夜莺的歌,杜鹃的歌,鸫的歌……和人类的歌。

三

人类的歌,这是最丰富的歌,最多变化的歌,最魅惑我们的歌,最能支配我们的歌……人类是歌者之王。

四

诗人应该为了内容而变换形式,像我们为了气候而变换服装一样。

五

应该把形式看作敌对的东西——只有和所有的形式周旋过来的,才能支配所有的形式。

要把敌人看作难于对付的东西——这样才能使自己沉着射击,而且才能命中。

六

不要把形式看作绝对的东西——它是依照变动的生活内容而变动的。

七

假如是诗,无论用什么形式写出来都是诗;

假如不是诗,无论用什么形式写出来都不是诗。

八

难道能把一句最无聊的平直的话,由于重新排列而成为诗吗?

真正的诗就是混在散文里也会被发现的。

九

诗是诗,不是歌,不是小说,不是报告文学。

十

不要把叙事诗写成报告文学。现今有不少写诗的常把叙事诗写成分行排列的拖了脚韵的报告文学了。

十一

有的只是一些素材，却不是诗；

有的只是一节故事，却不是诗；

有的根本只是一篇最粗拙的报告，分行排列了，在句脚上加上些单调的声音，却自鸣得意以为那是"长诗"。而批评家也以为那是"长诗"，而读者也以为那是"长诗"；于是我们临到了一个充满"长诗"的时代。

十二

不只是感觉的断片；

不是什么修辞学的例证；

不是一些合乎文法的句子；

不是报纸上的时论与通讯。

十三

所有文学样式，和诗最容易混淆的是歌；

应该把诗和歌分别出来，犹如应该把鸡和鸭分别出来一样。

十四

歌是比诗更属于听觉的；

诗比歌容量更大，也更深沉。

十五

不要把人家已经抛撒了的破鞋子，拖在自己的脚上走路；不要使那在他看作垃圾而你却视为至宝的人来怜恤你。

你要做一个勇于探求的——向荒僻些的地方走；

多多地耕耘，多多地采集。

十六

不要迷信形式。

路是人的脚走成的；为了多辟几条路，必须多向没有人走的地方去走。

十七

宁愿裸体，却决不要让不合身材的衣服来窒息你的呼吸。

技　术

一

一首诗必须具有一种造型美；

一首诗是一个心灵的活的雕塑。

二

没有技巧的诗人像什么呢——
没有翅膀的鸟,永远只会可怜地并着双脚急跳;
没有轮子的车辆,要人家背了它才走的。

三

摹拟是开始写作的人所不能避免的,但摹拟的目的不在像某人的作品,而是要使自己能自由地写。

有时看了一些诗,好像永远在摹拟着谁的;有时甚至很像那些批评文章所引的片断似的,零碎而不完整。

四

短诗就容易写吗?不,不能画好一张静物画的,不能画好一张大壁画。
诗无论怎样短,即使只有一行,也必须具有完整的内容。

五

有了材料和工具,有了构思,没有手法依然不能建造。
聪明的工匠应该能运用众多的手法,因材料与工具的性质而变换;却绝不应该因手法的贫困而限制了工具与损坏了材料。

六

不要把诗写成谜语;
不要使读者因你的表现的不充分与不明确而误解是艰深。

把诗写得容易使人家看懂,是诗人的义务。

七

诗人应该有和镜子一样迅速而确定的感觉能力——而且更应该有如画家一样的掺和自己情感的构图。

八

为了避免芜杂与零乱,必须勇敢地舍弃。

不要把诗写成发票,或是账单,或是地图的说明、统计表和物产的调查表。

九

适度地慷慨,适度地吝啬。

十

比起科学来,艺术的技术是可怜的落后的。

一个水雷壳皮的制造,如果有一千三百分之一英寸的错误,就会招致危险;而在艺术里把猫画成狗是随处都可以发现的。

十一

用诗来代替论文或纪事文是不能胜任的。

不要逼迫它和论文、纪事文和报道文赛嘴

让它说一点由衷的话,说多少就多少……

每个字应该是诗人脉搏的一次跳动。

十二

但是——

有的人写诗像在画符咒;

有的人写诗像在挤脓;

有的人写诗像在屙痢疾……

十三

尽可能地紧密与简缩——像炸弹用无比坚硬的外壳包住暴躁的炸药。

十四

不要故意铺张——像那些没有道德的商人,在一磅牛奶里冲进一磅开水。

十五

一个作家的审美能力是最容易被发现于他的作品里的:

当他选取题材的时候;

当他虽竭力想隐瞒,但终于无意地流露了他对于一些事物的意见的时候;

当他对于文字的颜色与声音需要调节的时候;

我们就了如指掌地看见了作者的修养。

十六

诗人在这样的时候,显出了他的艺术修养:

即除了他所写的事物给以明确的轮廓之外，还能使人感到有种颜色或声音和那作品不可分离地融洽在一起。

我们知道，很多作品是有显然的颜色的，同时也是有可以听见的声音的。

十七

当你们写的时候已感到勉强时，人家拿你的作品读的时候一定更勉强的。

十八

写诗有什么秘诀呢？

——用正直而天真的眼看着世界，把你所理解的，所感觉的，用朴素的形象的语言表达出来。

不这样将永远写不出好诗来。

十九

对于这民族解放的战争，诗人是应该交付出最真挚的爱和最大的创作雄心的。为了这样，我们应该羞愧于浮泛的叫喊，无力的叫喊。

二十

诗人必须首先是美好的散文家。

但我们的诗坛却有许多从散文阵营里退却了的，或是败北了的文学的败兵！

二十一

在艺术生产的历史里,技术一样是发展生产的主要因素之一;而技术的发达,常常和人类全部的生产发生着关系是无疑的。我们必须重视技术,有如一切的生产部门里技术之被重视一样;为了完成我们一个情感思想的建造,我们必须很丰裕地运用我们的技术,更应该无限制地提高和推广我们的技术。

二十二

艺术家的创作过程,和其他的劳动者是一样艰苦的。

他必须把自己全部的感应去感应那对象,他必须用社会学的、经济学的钢锤去锤炼那对象,他必须为那对象在自己心里起火,把自己的情感燃烧起来,再拿这火去熔化那对象,使它能在那激动着皮链与钢轮的机器——写作——里凝结一种形态,最后再交付给一个严酷而冷静的技师——美学去受检验,如此完成了出品。

二十三

有如生产技术的进步之能促进人类文化一样,诗人写作技术的进步也一定地促进了诗人对于世界认识的进步。

形　象

一

形象是文学艺术的开始。

二

愈是具体的,愈是形象的;愈是抽象的,愈是概念的。

三

诗人必须比一般人更具体地把握事物的外形与本质。

四

形象塑造的过程,就是诗人认识现实的过程。

五

诗人愈能给事物以联系的思考与观察,愈能产生活的形象;诗人使各种分离着的事物寻找到形象的联系。

六

诗人一面形象地理解世界,一面又借助于形象向人解说世界;诗人理解世界的深度,就表现在他所创造的形象的明确度上。

七

诗人愈经验了丰富的生活，愈能产生丰富的形象。

八

所谓形象化是一切事物从抽象渡到具体的桥梁。

九

形象孵育了一切的艺术手法：意象、象征、想象、联想……使宇宙万物在诗人的眼前互相呼应。

意象、象征、联想、想象及其他

一

诗人的脑子对世界永远发生一种磁力：它不息地把许多事物的意象、想象、象征、联想……集中起来，组织起来。

二

意象是从感觉到感觉的一些蜕化。

三

意象是纯感官的，意象是具体化了的感觉。

四

意象是诗人从感觉向他所采取的材料的拥抱,是诗人使人唤醒感官向题材的迫近。

五

意象:

翻飞在花丛,在草间,

在泥沙的浅黄的路上,

在静寂而又炎热的阳光中……

它是蝴蝶——

当它终于被捉住,

而拍动翅膀之后,

真实的形体与璀璨的颜色,

伏贴在雪白的纸上。

六

联想是由事物唤起的类似的记忆;

联想是经验与经验的呼应。

七

想象是经验向未知之出发;

想象是由此岸向彼岸的张帆远举,是经验的重新组织;

想象是思维织成的锦彩。

八

想象与联想是情绪的推移,由这一事物到那一事物的飞翔。

九

有了联想与想象,诗才不致窒死在狭窄的空间与局促的时间里。

十

调子是文字的声音与色彩、快与慢、浓与淡之间的变化与和谐。

十一

意境是诗人对于情景的感兴;是诗人的心与客观世界的契合。

十二

象征是事物的影射;是事物互相间的借喻,是真理的暗示和譬比。

语　言

一

诗是语言的艺术;语言是诗的元素。

二

诗是艺术的语言——最高的语言、最纯粹的语言。

三

诗的创作上的问题,语言是最重要的问题之一。诗人必须为创造语言而有所冒险——如采珠者之为了采摘珍珠而挣扎在海藻的纠缠里,深沉到万丈的海底。

四

没有比生活本身和大自然本身更丰富的储藏室了;

要使语言丰富,必须睁开你的眼睛:凝视生活,凝视大自然。

五

丰富的语言,是由丰富的生活经验产生的。

一个诗人的语言贫乏,就由于他不会体验生活。而语言贫乏是诗人的最大的失败。

六

语言陈列在诗人的脑子里,有如菜蔬与果子陈列在市集的广场上,各以不同的性质与形式,等待着需要与选择。

七

从自然取得语言丰富的变化,不要被那些腐朽的格调压碎了我们鲜活的形象。

八

艺术的语言,是饱含情绪的语言,是饱含思想的语言。

艺术的语言,是技巧的语言。

九

较永久的语言,不受单一的事物所限制的语言,是形象化了的语言,也就是诗的语言。

十

诗的语言必须饱含思想与情感;语言里面也必须富有暗示性和启示性。

十一

语言的机能,在于把人群的愿望、意欲和要求,用看不见的线维系在一起,化为力量。

十二

反驳的语言,是诗人向被否定的一面所提出的良心的质问。

十三

启示的语言,以最平凡的外形,蕴蓄着深刻的真理。

十四

简约的语言,以最省略的文字而能唤起一个具体的事象,或是丰富的感情与思想的,是诗的语言。

十五

明朗的语言,使语言给思想与情感完全的裸体,这场合,必须思想与情感都是健康而美的,她们的裸露才能给人以蛊惑。(我们知道:一个萎缩了的女体,任何锦缎对于她都是徒劳的。)

十六

诗人必须有鉴别语言的能力:诙谐的,反驳的,暗射的,直率的,以及善意的和恶意的……一如画家之鉴别唤起各种不同的反应的色彩一样;

语言丰富的人,能以准确而调和的色彩描画生活。

十七

语言必须在诗人的脑子里经过调匀,如色彩必须在画家的调色板上调匀。

不要在你的画面上浮上了原色,它常常因生硬与刺眼而破坏了画面上应有的调和。

十八

字与字、词与词、句子与句子,诗人要具有衡量它们轻重的能力——

要知道它们之间的比重，才能使它们在一个重心里运动，而且前进……

失去重心的车辆是要颠扑的。

十九

深厚博大的思想，通过最浅显的语言表演出来，才是最理想的诗。

二十

最富于自然性的语言是口语。

尽可能地用口语写，尽可能地做到"深入浅出"。

二十一

一首好诗，必须使每个看它的人，通过语言，都得到他所能了解的益处。

道　德

一

不要采摘没有成熟的果子。

二

写作必须在不写就要引起无限悔恨与懊丧的时候来开始，不然的话，你所写的东西是要引起无限的悔恨与懊丧的。

三

我们写作，目的是在使我们的原是在我们脑际流动的思想和在心中汹涌的情感，固定在文字上，因这些思想和情感常常是闪现一次，就迅即消逝的。

四

诗的情感的真挚是诗人对于读者的尊敬与信任。诗人当他把自己隐秘在胸中的悲喜向外倾诉的时候，他只是努力以自己的忠实来换取读者的忠实。

五

诗与伪善是绝缘的。诗人一接触到伪善，他的诗就失败了。

服 役

一

到世界上来，首先我们是人，再呢，我们写着诗。

二

人类通过诗人的眼凝望着世界；

人类以诗人的眼感受了：美与丑，善与恶，欢乐与悲苦，长生与死灭……诸形象。

三

天良未泯而觉醒于正义的人，真应该如何给以呼号，给以控诉啊。

四

在我们生活着的岁月，应该勇猛地向暴君、寄生者、伪君子们射击——因为这些东西存在着一天，人类就受难着一天。

五

个人的痛苦与欢乐，必须融合在时代的痛苦与欢乐里；时代的痛苦与欢乐也必须糅合在个人的痛苦与欢乐中。

六

诗人的"我"，很少场合是指他自己的。大多数的场合，诗人应该借"我"来传达一个时代的感情与愿望。

七

为名而写作的，比为艺术而艺术的还自私。

八

不要把"美"放逐到娼妇的地位，赎还她，使她为人类正在努力着的事业而勤奋地服役吧。

九

把艺术从贵妇人的尊严里解放出来，鼓舞她，在一切的时代为人类向上的努力而奋发起来。

十

为的是什么啊——

假如不把人类身上的疮痍指给人类看；假如不把隐伏在万人心里的意愿提示出来；假如不把美的思想教给人们；假如不告诉绝望在今天的人还有明天……

为的是什么啊？

十一

人类不仅应该为现在而忙碌，而且更应该为将来而忙碌。

十二

人生有限。

所以我们必须讲真话——在我们生活的时代里，随时用执拗的语言，提醒着：人类过的是怎样的生活。

十三

必须把人类合理生活之建立的可能，成为我们最坚固的观念，而且一切都由这出发又归还到它里面。

十四

我们和旧世界之间的对立,不仅是思想的对立,而且也是感觉与情感上的对立。

十五

具有信仰的虔诚,对人世怀着热望,对艺术怀着挚爱,在生活着的日子,忠实地或是恳切地,也或是倔强地、勇敢地说着话语,即使不是诗的形式也是诗。

十六

高尚的意志与纯洁的灵魂,常常比美的形式与雕琢的词句,更深刻而长久地令人感动。

十七

地球本来是圆的,而且是动的;然而第一个说这话的人被处死了。但地球依旧是圆的,而且是动的。这是真理。

真理是平易却又隐蔽在事物的内里的;真理是依附在大众一起而又不易为大众所知的。诗也和科学一样,必须有勇气向大众揭示真理。

十八

诗人的发展,是从"感情人"到"行动人"的发展。

十九

精神的劳役者,以人民的希冀为自己的重负,向理想的彼岸运行。

二十

在这苦难被我们所熟悉,幸福被我们所陌生的时代,好像只有把苦难能喊叫出来是最幸福的事;因为我们知道,哑巴是比我们要苦的。

二十一

一切都为了将来,一切都为了将来大家能好好地活,就是目前受苦、战争、饥饿以至于死亡,都为了实现一个始终闪耀在大家心里的理想。

二十二

叫一个生活在这年代的忠实的灵魂不忧郁,这有如叫一个辗转在泥色的梦里的农夫不忧郁,是一样的属于天真的一种奢望。

二十三

把忧郁与悲哀,看成一种力!把弥漫在广大的土地上的渴望、不平、愤懑……集合拢来,浓密如乌云,沉重地移行在地面上……

伫望暴风雨来卷带了这一切,扫荡这整个古老的世界吧!

二十四

被赞美着,又被误解着,或是被非难着,该是诗的普遍的命运;因为今天的人类,还远远没有在生活和爱好上取得一致。

二十五

生命是可感激的：因为活着可以做多少有意义的事啊！

二十六

所谓命运，只不过是旧的社会环境对于人的限制，能突破这种限制的人，是勇者，是胜利者。

二十七

对一个献身给人类改造事业的诗人的诗，强调了对他的艺术的关心而忽视了他的内容，或者肯定他的艺术而否定他的内容，这是对于诗人的最大的亵渎——因为他早已把艺术看成第二义的东西了。

二十八

诗人和革命者，同样是悲天悯人者，而且他们又同样把这种悲天悯人的思想化为行动的人——每个大时代来临的时候，他们必携手如兄弟。

创 造

一

人类依着自己的需要与心愿，创造着生活：劳动、科学、艺术、道德……

二

诗人创造诗,即是给人类的诸般生活以审视、批判、诱发、警惕、鼓舞、赞扬……

三

诗人的劳役是:为新的现实创造新的形象;为新的主题创造新的形式;为新的形式与新的形象创造新的语言。

四

为了新的主题完成了新的形象的塑造,完成了新的语言的锻炼,完成了新的风格,即是完成了诗人的对于人类前进事业所负有的职责。

对于诗人,这些事是最重要的,因为这些事对于诗人是最适宜的,也是最不容推诿的。

五

在创作的过程中发展自己,使自己在对于主题的固定、形象的鲜活、语言的明确的努力中迫近真理。

六

诗人在变化着的世界当中,努力给世界以新的认识时,产生了新的形象、新的语言。

七

新的风格,是在对于新的现实有了美学上的新的肯定时产生的。

八

一个伟大的诗人,他不仅在题材所触及的范围上有广泛的处理,同时在表现的手法以及风格的变化上有丰富的运用。

九

存在于我们之间的艺术上的难关,岂不是常常和存在于将军们之间的军事上的难关一样严重吗?而当我们为了克服那些难关时所花的思虑,岂不是也和他们的一样深刻吗?

为了完成一定的艺术上的计划时,我们岂不是常常和一个将军为了完成一定的军事计划一样地勇敢而苦恼着吗?

十

在万象中,"抛弃着,拣取着,拼凑着",选择与自己的情感与思想能糅合的,塑造形体。

十一

语汇丰富是由生活经验和知识的丰富来的;

创造力的健旺是由对世界的感应的强烈和对人类关心的密切,以及对事物思索的深刻与宽阔而来的。

十二

只有通过长期忍耐的孕育,与临盆的全身痉挛状态的痛苦,才会得到婴孩诞生时的母性的崇高的喜悦。

十三

严肃地工作,无休止地工作,随时都准备着祝贺自己的新的发现;只有那每次新的完成所带来的欢喜,和它所带给社会的影响,才能真正地而且崇高地安慰你。

十四

渴求着"完整",渴求着"至美,至善,至真实",因而把生命投到创造的烈焰里。

十五

不曾经历过创作过程的痛苦的,不会经历创作完成时的喜悦。创造的喜悦,是最高的喜悦。

十六

在新的社会里,创造的道德将被无限制地发扬。

爱工作,爱创造,将是人类的美德,它们将引导人类向"无限"航行……

十七

人类的历史,延续在不断的创造里。

人类的文化,因不断的创造而辉煌。

我们创造着,生活着;生活着,创造着;生活与创造是我们生命的两个轮子。

1938—1939

和诗歌爱好者谈诗
——在北京劳动人民文化宫

这是一个座谈会,应该很随便,大家都发言,不要光由我一个人发言。

刚才有同志叫我谈得详细一点。谈得详细就得有准备。而我直到坐车来的路上还不知道该谈些什么。

你们给我送来三位同志的诗,我只看了其中的一首,来了客人,别的就没有时间看了,真对不起。

我就谈谈这一首诗吧。

> 火柴有信念,
> 是那头上的磷;
> 蜡烛有信念,
> 是那中间的芯;
> 航船有信念,
> 是那海上的灯塔;
> 万物有信念,
> 是那天上的热能!
>
> 而我假如没有信念,

就像天上没有热能，
　　就像海上没有灯塔，
　　就像火柴没有磷，
　　蜡烛没有芯！

这是诗。但是后面的话等于前面的重复。不要后面的，更精练。

我们这个时代，大家都很忙，只能利用上下班的前后一点时间读书，因此我冒险提一个意见：多写短诗。

我坦白地讲，我看诗不多。

刚才同志们谈了些诗歌方面的情况，有的我也听到过了。

有的诗集卖不出去，有的诗集买不到；又说什么读旧诗的比读新诗的人多啦，等等。

于是有些写新诗的人就泄气不干了。

新诗是不是真的面临绝境、走投无路了呢？我看还不至于吧？

有人说诗歌没有小说、戏剧、电影受欢迎。

我以为何必要那样比呢。各种文艺样式，各有各的性能和作用。

人的爱好不可能完全一致。萝卜白菜，各有所爱。

比如说，你们是爱诗的，不然的话，不会在这样的夜晚从石景山——有的甚至从通县赶来参加这个座谈会。

比如说，我是写诗的，对诗没有感情的话，早就不写了，何必要为了它而挨棍子呢？

有人说，近年来，小说和戏剧都有震动很大的，例如《重放的鲜花》等。

我以为：诗歌何尝没有？

《天安门诗抄》带来的震动，没有别的样式能超过它。

至于说像《重放的鲜花》那样的集子，上海一个出版社曾向我征求意见，主张诗也出一本，专门收集受到迫害的诗人的诗。我不同意。那样做，好像又是一个营垒，一种挑战。何况受到迫害的也不只这么几个诗人。

有人说，旧诗难写，新诗容易写。

我不会写旧诗，很难回答。我有几个朋友，原来是写新诗的，后来写旧诗了。我问他们为什么不写新诗？他们都说："新诗难写。"

有人说，人家能背古诗，不能背新诗。

这有什么可奇怪的呢？古诗流传了多少年代了，它们是从浩如烟海的篇什中挑选，几经淘汰而保存下来的，怎么能拿当今一般的诗与之相比呢？

写得好的新诗，同样会有人背诵。

例如：

她把带血的头颅
放在生命的天平上
让所有的苟活者
都失去了
——重量

不是也博得了大家的赞赏吗？

古诗是古人用他们的眼光看事物，用他们习惯的表现手法，写他们自己的思想感情。

他们写得再好，也不能代替我们。

每个时代都有自己的歌手。假如我们只是满足于背诵古诗，我们等于没有存在。

假如我们什么也没有表现——我们有了一个被遗失了的时代。

新诗是对旧诗而言；

白话诗是对文言诗而言；

自由诗是对格律诗而言。

不要顾忌那些随心所欲的议论；不要想从抱有成见的人嘴中去听到真理。对新诗用不着悲观。

新诗要是没有读者，《诗刊》就不会发行二十多万份；各个文学期刊也不会再向写诗的人约稿了。

不久以前，辽宁的文学期刊《鸭绿江》编辑部公布了一次"民意测验"，很值得我们看看，也值得我们深思。在"你最喜欢什么形式的诗"这一栏里，三百五十二人中，占总人数的百分比是：

古体诗词	61人	9%
自由体	243人	36.4%
民歌体	100人	14.8%
半格律体		
（分节有规律、押韵）	115人	17%
楼梯式	34人	4.8%
散文诗	63人	9%

各种形式都喜欢　　　　　60人　　　9%

（注：因每人最多可填两项，所以百分比以704人算）

这是仅从三百五十二人所得到的数据，只能供参考。这样的调查，每个诗歌刊物都可以进行。

自由体的诗为什么最受欢迎呢？因为自由体受格律的制约少，表达思想感情比较方便，容量比较大——更能适应激烈动荡、瞬息万变的时代。

形式服从内容的需要。

所有的形式都是根据为了表现不同的生活而产生的。

是人创造形式，不是形式创造人。为什么要让别人所创造的形式来束缚自己呢？不要让这样那样的形式来奴役我们。

我们的时代不是骑着毛驴写诗的时代。一个世纪以前，世界上还没有电影。五十年前，我从上海坐轮船到马赛航行一个月；而现在从北京坐飞机到法兰克福只要十七个小时。

唐朝杨贵妃要吃新鲜荔枝，得累死多少马；而现在从广州飞到北京，荔枝叶子上还有露水哩。

世界开放了，距离却缩短了。生活受到四面八方的冲击——要回复到"悠然见南山"的闲适心情是不容易了。请那位主张"男女授受不亲""非礼勿视"的曲阜老头子到青岛海滨的游泳场去见见世面吧。

生活早已逼使清朝末年的诗人提出"诗界革命"；然而时隔一个世纪不久，我们的一些革命家还看不惯新诗，有的甚至声明坚决不看新诗。

人的爱好是一种顽强的习惯势力，常常执拗到不可扭转的地步——半个世纪以前，人们还以为女人必须缠了脚才好看哩。

新诗是新时代的产物，没有"五四"的新文化运动就没有新诗。从以文言写诗改为以白话写诗，是一个很大的革命。现在流行的格律诗也不是中国原有的旧体诗。我们也没有十四行体。这些诗体是从西方移植过来的。

自由体诗更是新世界的产物，它比各种格律诗体更解放，容易为人所掌握，更符合革命的需要，因而也受到更多人的欢迎和运用。

自由体的诗是带有世界性的倾向。在上个世纪，新大陆产生了《草叶集》的作者惠特曼；

俄国十月革命产生了《穿裤子的云》的作者马雅可夫斯基；

西欧的近代生活产生了《带有触角的都市》的作者凡尔哈仑；

喧闹的芝加哥有自己的诗人桑特堡；

流血的马德里有自己的诗人洛尔伽；

在革命的火焰中惊醒过来的外交官聂鲁达，放弃了写爱情诗的格律体，用洪亮的声音喊出："伐木者醒来！"

在土耳其黑暗的监狱里关着希克梅特，他的自由的歌声都飞向世界……

我国当代的许多著名诗人，都是从伟大的民族解放战争时代涌现出来的。他们的命运和整个民族的命运联系在一起。但他们不能不受外来的影响。

在战争的年代，诗首先成了武器。诗人就成了战斗员。情诗，山水诗,都为炮火让路,"人面不知何处去"了。

我们的诗人很少从文科大学出来的——行军和露营是我们的日常课程,我们就这样生活过来了。

在我的老家,女人死了丈夫,一边哭一边唱出调子——这样的女人是具有写格律诗的才能的;

但是,一般的女人只会捶胸顿足、号啕大哭,让人听了更悲伤。

我是没有先学好合辙押韵才写诗的。我只是有话要说,不说不好受。我选择了更符合我的表现要求的诗体。

自由体的诗是不是比格律体的诗容易写呢?不见得。这是出于两种不同要求的不同形式。自由体的诗,更倾向于根据感情的起伏而产生的内在的旋律的要求。

这也是从两种美学观点出发,因而也只能达到两种不同的境界。

从我整个创作历程来说,我更多地采取自由诗的形式——这是我比较习惯、也是比较喜欢的诗歌形式。

例如我写的《太阳》:

> 从远古的墓茔
> 从黑暗的年代
> 从人类死亡之流的那边
> 震惊沉睡的山脉
> 若火轮飞旋于沙丘之上

太阳向我滚来……

它以难遮掩的光芒
使生命呼吸
使高树繁枝向它舞蹈
使江流带着狂歌奔向它去

当它来时,我听见
冬蛰的虫蛹转动于地下
群众在旷场上高声说话
城市从远方
用电力与钢铁召唤它

于是我的心胸
被火焰之手撕开
陈腐的灵魂
搁弃在河畔
我乃有对于人类再生之确信

1937 年春

这是自由体的诗。段无定行,句无定字,既无标点,也不押韵。

这样的诗的形式,让那些喜欢"戴着脚镣跳舞"的诗人看了是要皱起眉头的。

我的许多长诗都是以自由体完成的：《大堰河——我的保姆》《向太阳》《火把》以及最近期间的《古罗马的大斗技场》，等等。

对这些诗的反响，远远超过我的其他的作品。

事实上，我也写过一些"豆腐干式"的诗。例如最近写的《窗外的争吵》：

　　昨天晚上
　　我听见两个声音——

　　春天：
　　大家都在咒骂你
　　整天为你在发愁
　　谁也不会喜欢你
　　你让大家吃苦头

　　冬天：
　　我还留恋这地方
　　你来得不是时候
　　我还想打扫打扫
　　什么也不给你留

　　春天：
　　你真是冷酷无情

闹得什么也没有
难道糟蹋得还少
难道摧残得不够

冬天：
我也有我的尊严
我讨厌嬉皮笑脸
看你把我怎么办
我就是不愿意走

春天：
别以为大家怕你
到时候你就得走
你不走大家轰你
谁也没办法挽留

用不到公民投票
用不到民意测验
用不到开会表决
用不到通过举手

去问开化的大地
去问解冻的河流
去问南来的燕子

去问轻柔的杨柳

　　地里种子要发芽
　　枝头骨朵要吐秀
　　万物都频频点头
　　异口同声劝你走

　　你要是赖着不走
　　用拖拉机拉你走
　　用推土机推你走
　　敲锣打鼓送你走

这就够整齐的了，好像用剪子剪过似的；而且也算大体押了韵。

最近有人以为我是从自由诗返回到了格律诗的园子里来了。这完全是一种猜想。我绝不在某一种形式上像耍杂技似的踢缸子。

我也不可能向任何一种形式跪拜；

我在形式面前，缺少宗教信徒的虔诚。

有人问："现在写诗要注意什么？"

我以为绝不只是现在，而是无论什么时候，都应该把写诗的注意力放在形象思维上。

形象思维是艺术创作的灵魂。

人类有两种既有联系、又有区分的思维活动。

一种是抽象的思维活动，通常叫作逻辑思维；

还有一种是沿着具体的形象所进行的思维活动,通常叫作形象思维。这是一种不从概念出发,却沿着真实的感受而进行的思维活动。

形象思维是从感觉发生的联想、想象、幻想,在主观和客观之间取得联系,从而在它们的某一特征上产生比拟的一种手段。

形象思维是为了把你所看见的,或是所想到的,使之成为可感触的东西的基本活动,目的在于把生活的感受能以具象化的形式介绍给你的读者。

没有想象就没有诗。

诗人的最重要的才能就是运用想象。诗人把互不相关的事物,通过想象,像一条线串联起来,形成一个统一体。

不论是明喻和暗喻,都是从抽象到具体、具体到具体之间的一个推移、一个跳跃、一个转化、一个飞翔……

所有意象、意境、象征,都是通过联想、想象而产生的。

艺术的魅力来源于以丰富的生活为基础的丰富的想象。

形象思维与逻辑思维虽然是各自独立的,却又是互相联系的。

所有的思维总是从具体中找抽象,从抽象中找具体,它们互相牵连着,飞旋于大千世界中……

比喻的作用,在于使一切无生命的东西活起来,而且赋予思想感情。

例如我的一首诗《树》:

 一棵树,一棵树

> 彼此孤离地兀立着
> 风与空气
> 告诉着它们的距离
>
> 但是在泥土的覆盖下
> 它们的根伸长着
> 在看不见的深处
> 它们把根须纠缠在一起

这样就把没有关联的东西紧紧地纠结在一起了。

人与人之间，外表上是分离的，但在心灵深处总是相通的。从这首诗写作的年月看，还是抗日战争的相持阶段。

为事物寻找比喻，是诗人的几乎成了本能的要求。只有充分理解事物之间的差别，才能找出逼真的比喻。

运用比喻，使文章生动是一切从事文字工作的人所需要的。例如：

一个外国通讯社发的有关日食的消息说："宇宙正在进行捉迷藏，太阳躲到月亮背后去了。"

又如一篇报道中国花鸟画的消息说："画家像蜜蜂一样活动在花园里。"

只不过各用了一个比喻，就使文章充满生气了。

撇开比兴的手段，采用平铺直叙的手法，引起人的逼真感的，也属于形象思维的范畴。

例如杜甫的《石壕吏》等诗篇，通篇找不到一个比喻，却把事件交代得很具体，照样达到感人至深的效果。这类诗，假如有人开玩笑，把所有的韵脚删去，也可称之为"散文"。

另外像：

  前不见古人
  后不见来者
  念天地之悠悠
  独怆然而涕下

这样的一首诗，既不整齐，也不押韵，更没有任何比兴，却能响彻千古！

没有联想、想象，没有幻想，是不可能进行艺术创作的。

而无论联想、想象、幻想都是从生活中来，不管直接还是间接，都是经验的产物。

生活积累越丰富，创作越自由。

例如我在《窗外的争吵》这首诗的最后一节：

  你要是赖着不走
  用拖拉机拉你走
  用推土机推你走
  敲锣打鼓送你走

为什么还要"敲锣打鼓送你走"呢？因为在"文化大革命"时，一个造反派的头头要撵我到连队去,他说:"你走不走呀?"我说:"我考虑考虑。"

过了两天他又来了,两手叉腰,站在房子中间说:"走不走?"

他显然是不耐烦了。我不作声。

他说:"是不是要开个欢送会啊?"那意思是要把我轰走了。

生活中随时都会有生动的情景,有的甚至多少年也忘不了,就看你能不能把它们收集到你的武器库里——备而不用——总有一天要用上的。

这可以说:"养兵千日,用在一时",到关键时刻就突然跳出来了。

最后还有下面的一些问题,都是经常有人提出来的:

"创作怎样才能突破?"

"怎样才能引人入胜?"

"你爱读什么样的诗?"

等等。

总括一句话:如何提高诗歌艺术。

我以为单纯从艺术上提高是不行的。演杂技、玩魔术,技术再高,看完了也就完了。

但是,当我们从真实的生活中看到动人的场面,总是多少年也忘不了的。

我还是坚持:"诗人必须说真话。"只有说真话,才能突破假话、谎话、大话的包围;

只有说真话,人才能相信你,你才能做到"引人入胜";

只有说真话的诗,我才愿意读,读得下去。

人云亦云,似曾相识,陈词滥调只会败坏人的肠胃。

太多的重复,老调重弹,就使人厌倦。

只有每人说出自己真实的感受,才能引起人的共鸣。

说假话而想取得人信任,是梦想。

并不是诗人说的都是真话。

并不是水就是眼泪、红的都是血。虚假的东西总是不持久的。

鉴别真假的最可靠的依据是社会的效果、人民群众的反映。

而历史也在用宁静的眼睛注视着你。

有人提到"以题材取胜"的问题。

我以为"以题材取胜"无可厚非。"百花齐放"也包括题材的多样化。

艺术需要独创性。但是,并不是只要有独创性就是艺术。

所有的疯子是最富有独创性的了。

疯子并不是艺术家。

人民会从一切作品中鉴别美与丑、真与假、善与恶。人民所喜爱和尊重的是能使他们在思想上有所提高的作品——使他们的精神进入到更美好的境界。

这就是诗的严肃性。

耽误了大家很多时间,谢谢。